RAUS AUS DER TRETMÜHLE

KYLIE GILMORE

Übersetzt von
ANNA DRAGO

Übersetzt von
KATRIN DOLLE

Raus aus der Tretmühle: © 2018 by Kylie Gilmore

Cover Design The Killion Group

Veröffentlicht von: Extra Fancy Books

Übersetzt von: Anna Drago und Katrin Dolle

ISBN-13: 978-1-947379-61-9

1

———

Als Maggie siebzehn war … und Frauen noch keine Optionen hatten.

Maggie Murphy schaukelte auf ihren Fersen vor und zurück und vermied es, einem Haufen katholischer Jungs im Teenageralter in die Augen zu sehen, die sich zum Valentinstagstanz im Untergeschoss der St. Mary Church versammelt hatten. Ihr neues rotkariertes Kleid mit seinem eng zugezogenen Gürtel, das bis zum Hals zugeknöpft war, war so steif, wie sie sich fühlte. Die Tanzfläche war eine weite Kluft, die die Jungen von den Mädchen trennte, und niemand tanzte. Pater Hurley und Schwester Eileen standen an der Seite an einem Erfrischungstisch mit lauwarmem Punsch und Keksen.

Sie unterdrückte ein Seufzen. Da stand sie also mit ihren siebzehn Jahren, ihr ganzes Leben lag noch vor ihr, und sie spürte nichts als Grauen. Ihr Leben hatte sich bereits auf zwei Pfade verengt – zur Sekretärinnenschule zu gehen oder, die Wahl, die ihre Eltern mehr zu begeistern schien, Charles Lynch zu heiraten, den Jungen, den sie schon immer kannte, der mit den leuchtend roten Haaren und den Sommersprossen, der sie in der Sonntagsschule immer mit einer Nadel gepikst hatte. Er arbeitete im Schuhgeschäft ihrer Eltern, und sie hofften, dass er sie heiraten und das Geschäft übernehmen würde, damit alles in der Familie blieb.

In der Falle. Sie saß in der Kleinstadt Fieldridge, Connecticut, mit den hübschen, ordentlichen Reihen von Häusern im Ranchstil und rechtwinkligen grünen Rasenflächen davor, in der Falle. Sie sehnte sich nach einem größeren Leben; ihr geheimer Traum, Schauspielerin zu werden, schien unmöglich zu sein. Respektable, brave katholische Mädchen zogen nicht einfach allein nach New York City, um solch eine skandalöse Karriere zu verfolgen.

Sie versteifte sich. Mist. Er war hier. Charles warf ihr einen schnellen, nervösen Blick zu, dann gesellte er sich zu dem Haufen notgeiler Jungs im Teenageralter. Charles' Schmachtlocke war heute besonders auffällig. Er trug einen marineblauen Pullover mit V-Ausschnitt über einem weißen Hemd mit Krawatte, eine beigefarbene Stoffhose und glänzende braune Anzugschuhe. Er hatte sich richtig Mühe gegeben, und sie wusste, dass sie sich geschmeichelt fühlen sollte. Vielleicht war das der Abend, an dem er versuchen würde, sie zu küssen. Argh! Sie konnte den Gedanken nicht ertragen, und dann, plötzlich, verflüchtigte sich alles, als *er* den Raum betrat. Der schlimme Junge des Ortes, Patrick „Handsy" O'Hare schlenderte zum Erfrischungstisch, seine starken Arme mit Getränkekisten beladen. Er war dieses Jahr in die Stadt gezogen und hatte gleich als Star-Footballspieler Ruhm erlangt. Er spielte hart und aggressiv und gewann die Spiele mit links. Ihm hatte die Schule es zu verdanken, dass sie dieses Jahr in der höheren Liga spielten.

Ihre Freundinnen flüsterten über Patrick, jede schwärmte heimlich für ihn, doch keine wagte es, sich ihm zu nähern. Er war irgendwie ein Einzelgänger mit *schlechtem* Ruf. Es hieß, dass er alles repräsentierte, wovor Maggie gewarnt worden war – Fluchen, Schwänzen, Rauchen, Trinken, Herumhuren. Er war grüblerisch, sexy und tat, was er wollte, wann er wollte. Er wohnte mit seiner Mom in einem Trailer auf der falschen Seite der Stadt. Manche sagten, sein Dad säße im Gefängnis, andere meinten, er habe sie für eine andere Frau verlassen.

Aus dem Augenwinkel alarmierte sie das Aufblitzen roten Haares, dass Charles sich aus dem Haufen gelöst hatte und über die Tanzfläche zu ihr kam. Sie flog geradezu zum Erfrischungstisch, als wäre ihr der Teufel persönlich auf den Fersen. Patrick stellte die Getränke auf den Tisch und bemerkte gar nicht, dass sie ihn beobachtete. Eine Locke dunkelbraunen Haars flog ihm in die Augen. Sein Haar war etwas zu lang, hätte einen Haarschnitt gebrauchen können, um ordentlich auszusehen. Als ob ihn das interessierte! Vermutlich sagte er: *Scheiß doch auf den Haarschnitt, ich trage meine Haare so, wie es mir gefällt.* Seine Schultern waren breit, seine muskulösen Arme unter seinen hochgekrempelten Hemdsärmeln perfekt zur Schau gestellt. Er trug eine Jeans und Arbeitsstiefel. Keine Jacke. Die kalte Winterluft konnte einem Kerl wie ihm nichts anhaben. Er hatte dichte Wimpern, und seine Wangenknochen wurden durch darunterliegende hohle Wangen betont, seine Unterlippe war ein wenig voller als die Oberlippe, wodurch sie sich plötzlich fragte, wie es wohl wäre, ihn zu küssen. Er küsste viele Mädchen, das wusste jeder, die schlimmen Mädchen, die mit ihm in seinem Lieferwagen mitfuhren oder mit ihm nach einem Spiel unter die Tribüne gingen. Vermutlich war er gut darin.

Obwohl Patrick in der Abschlussklasse der Highschool war, war er männlicher als jeder Mann, den sie kannte. Solide, stark und selbstbewusst. *Sag etwas. Irgendetwas. Er ist fast fertig damit, die Getränke zu liefern. Bald wird er gehen!*

„Handsy", platzte sie seinen Spitznamen viel lauter heraus, als sie es vorgehabt hatte. Den hatte die Schülerzeitung für ihn geprägt, weil er so außergewöhnlich gut darin war, einen Football zu fangen und festzuhalten. Doch sie war sich sicher, dass er sich auch auf seine Fähigkeiten bei den Damen bezog. Bei dem Gedanken erbebte sie köstlich.

Langsam hob er seine scharfen, haselnussbraunen Augen. „Ja?"

Sie schüttelte den Kopf, und eine Strähne ihres hellroten Haares blieb an dem rosafarbenen Lippenstift ihrer Lippen hängen. Rasch zog sie die Strähne von ihrem Mund. „Hi!"

„Hey." Er stellte die Getränke zurecht, während sie seine

großen, fähigen Hände bewunderte. Er wandte sich an Pater Hurley, zog einen Zettel aus seiner Gesäßtasche und einen Stift, damit Pater Hurley unterschrieb, bevor er sich zum Gehen wandte.

Sie handelte rein instinktiv, mit einer Impulsivität, die bei ihr nie funktioniert hatte, und einer berauschenden Dosis Lust und folgte ihm. „Ich bin Maggie."

Er blieb abrupt stehen und betrachtete sie von oben bis unten, von ihrem zugeknöpften Kragen, blieb schamlos lange an ihrem Busen hängen, über ihre Taille und ihre Hüftlinie, bis hinunter zu ihren beigefarbenen Pumps. „Hi." Seine Stimme klang rau, was sie nur noch mehr anspornte.

„Letzte Saison warst du fantastisch. Du bist wirklich ein talentierter Sportler."

„Danke." Er rieb sich das Kinn, mit seinen Nachmittags-stoppeln sah er sogar noch männlicher aus. „Das ist jetzt vorbei. Die Saison ist vorüber, und jetzt muss ich arbeiten."

„Kommst du deswegen nicht zum Unterricht? Um zu arbeiten?"

„Spionierst du mir etwa hinterher oder sowas?"

„Nein, die Leute reden eben."

Er gab einen abschätzigen Laut von sich und ging die Treppe hinauf. Ihr kam der Gedanke, als sie seinen breiten Rücken, den festen Hintern und die langen Beine bewun-derte, dass er ihr vielleicht weiterhelfen konnte. Wenn Handsy sie ruinierte – damit meinte sie, wenn sie sich wie ein schlimmes Mädchen verhielt und furchtbar unanständige Dinge mit dem Bad Boy der Stadt machte – würde Charles sie fallen lassen, ihre Eltern würden nicht mehr für sie verant-wortlich sein wollen, und sie wäre endlich frei, ihr schamloses Leben als Schauspielerin in New York City zu führen.

Sie eilte hinter ihm die Treppe hinauf, und er sah über seine Schulter. „Hör auf, mich zu verfolgen."

„Nur zu deiner Information, ich muss zur Toilette."

Er blieb im Flur stehen und deutete auf die Mädchen-toilette.

Sie nahm all ihren Mut zusammen. „Okay, ich schlag dir was vor. Beim Tanzen da unten ist ein Junge, den meine

Eltern für mich auserkoren haben." Sie senkte ihre Stimme und beugte sich vor. „Damit ich ihn heirate." Sie konnte kaum daran denken, geschweige denn es aussprechen. „Er wird mit mir tanzen wollen, dann wird er mich nach Hause begleiten wollen und vermutlich denken, dass wir etwas miteinander anfangen, und es wäre insgesamt besser, wenn er von Anfang an absolut keine Ermunterung bekäme."

„Du musst keine Angst davor haben, nein zu sagen. Es ist ganz leicht. N- E- I- N. Nein."

Leise sagte sie: „Oder ich könnte auch zur Sekretärinnenschule gehen."

Doch Patrick hörte es. „Kannst doch von Glück sagen, dass deine Eltern sich die Sekretärinnenschule leisten können. Wenigstens hast du die Gelegenheit, einen richtig guten Job zu bekommen." Seine Lippen verzogen sich. „Du, mit deinem schicken Kleid und den Schuhen, jammerst, dass du mit einem Jungen tanzen musst."

„Ich bin in dieser Stadt gefangen!", rief sie und überraschte sich selbst damit. „Gefangen in diesem Leben."

Er hob beide Hände. „Wir machen alle, was wir tun müssen, um irgendwie über die Runden zu kommen."

Sie stellte sich geradewegs vor ihn. Er roch sauber, nach frischer Seife und darunter nach einem Hauch sexy Mann. Sie stellte sich auf Zehenspitzen und flüsterte mit, wie sie hoffte, verführerischer Stimme: „Ruiniere mich."

Der Blick aus seinen haselnussbraunen Augen wurde hart, sein Kiefer verkrampfte sich. „Warum bittest du mich, dich zu ruinieren, hm? Warum fragst du mich nicht, mit dir zu tanzen?"

„Du bist doch …" *Schlecht.* Das konnte sie nicht sagen. Er schien wütend zu sein. Sie hob ihr Kinn. „Weil du nicht fürs Tanzen gekleidet bist."

Er sah sie skeptisch an, seine Lippen fest aufeinander gepresst.

Die Stimme einer alten Dame rief: „Maggie?" Mist. Schwester Eileen.

„Ich muss mal zur Toilette!", rief Maggie und eilte zur Treppe, um Schwester Eileen von unten zuzuwinken. Sie

wusste, die Nonne hatte eine schlimme Hüfte und würde es
vorziehen, nicht die Treppe hinaufsteigen zu müssen.

„Okay, aber mach nicht so lange", sagte Schwester Eileen
streng.

Maggie wirbelte herum und hoffte verzweifelt, dass
Patrick nicht verschwunden war. Er war noch da! Sie würde
diese Gelegenheit nicht verpassen. Sie packte seine Hand.
„Komm schon", flüsterte sie eifrig.

Glücklicherweise riss er sich nicht los. „Wohin gehen
wir?"

„Zum Tanz." Sie zog ihn ans Ende des langen Flures
an der Abstellkammer vorbei, wo sie die Musik durch den
Lüftungsschacht hören konnten. Ein wenig blechern, aber
es würde reichen. Sie legte ihre Hand an seine Schulter
und die andere Hand in seine. Vorsichtig legte er seine
Hand an ihren Rücken. Es war überhaupt nicht merkwürdig wie bei den anderen Jungs, mit denen sie vorher
getanzt hatte. Er führte sie langsam wiegend, der Abstand
zwischen ihnen wurde langsam geringer, bis sein Arm
ganz um ihre Taille lag und sie so eng aneinander standen, dass der Heilige Geist nicht mehr dazwischen
gepasst hätte. Argh! Schwester Eileen war ihr in den Sinn
gekommen. *Lasst Platz für den Heiligen Geist, wenn ihr
tanzt!*

Patricks Stimme rumpelte in ihrem Ohr. „Du bist eine gute
Tänzerin."

Ein Stromschlag fuhr durch ihre Nerven, heiß und kribbe-
lig. „Du auch."

Sie sahen einander in die Augen, und sie beugte sich vor,
um ihn zu küssen, konnte kaum atmen. Seine Hand legte sich
in ihre Haare, umfasste ihren Kopf, sein Blick fiel auf ihre
Lippen. Sie schloss die Augen, und endlich trafen seine
Lippen ihre, zunächst ganz sachte, dann fester, seine Zunge
drang in ihren Mund, überraschte sie.

Sie unterbrach den Kuss, ihre Augen waren ganz groß.
„Was war das?"

Seine Hand glitt an ihren Kiefer, sein Daumen streichelte
ihre Wange. „Wurdest du noch nie geküsst?"

Sie war zweimal geküsst worden, einmal fest, einmal sanft, keine Zunge. „Nicht so. Küsst du immer so?"

Sein Lächeln kam langsam und selbstbewusst. „Ja." Er fuhr mit seiner Zunge über ihre Unterlippe, setzte sie unter Strom und küsste sie erneut. Dieses Mal machte sie mit, passte sich seinen Bewegungen an und wagte es, auch einmal zu kosten. Er stöhnte in ihren Mund und löste sich von ihr.

„Wohin gehst du?", fragte sie. „Küss mich, fass mich an und all das." Sie wusste, dass man mehr als küssen musste, um so richtig verdorben zu werden.

Er starrte auf ihren Mund. „Wie alt bist du?"

Die Leute hielten sie immer für jünger, als sie war, weil sie winzige einsfünfundfünfzig klein war. „Im April werde ich achtzehn. Wie alt bist du?"

„Achtzehn." Er reichte ihr seine Hand, und sie nahm sie, hoffte, er würde sie wegbringen, um mit ihr das zu tun, was schlimme Jungs mit schlimmen Mädchen machten, doch stattdessen drückte er ihre Hand nur warm. Eine kitzelnde Hitze rauschte durch sie. „Bye, Maggie."

„Wir sind noch nicht fertig", informierte sie ihn.

Er hob gelassen eine Schulter. „Du kannst zu mir auf den Parkplatz kommen, wenn du magst."

Ihr Herz raste. Das war's. Er würde sie verderben, wie sie es sich von ihm gewünscht hatte. Sie nickte einmal, und er ging zum Hauptausgang der Kirche.

Sie raste zur Damentoilette, stellte sich auf die geschlossene Schüssel und öffnete das Fenster oben. Sie wusste, sie konnte das. Sie hatte sich schon öfter als einmal so aus der Sonntagskirche geschlichen, weil sie sich nach Freiheit sehnte. Sie hievte sich hoch, schwang ihre Beine hindurch und ließ sich zu Boden fallen.

Sie drehte sich um, und da war er und grinste sie an. Sein Lachen erhellte sein schönes Gesicht. Er brachte sie zu seinem Lieferwagen, und auf dem Vordersitz wurde alles schnell heiß und heftig. Sein Mund verschlang ihren, und auch sie verschlang ihn. Die Fenster beschlugen, als seine Hände ihren Körper erkundeten, und nicht nur ihre Brüste, seine Hände waren überall, an ihrem Hals, sie strichen über ihre Schultern, an ihrem Rücken hinab. Vor Verlangen stand sie unter Feuer, drängte sich in der engen Fahrerkabine näher an ihn.

Sie küssten einander so lang, dass ihre Lippen sich anfühlten, als wären sie angeschlagen, ihr Kinn von seinen Stapeln ganz zerkratzt. Sein Mund wanderte an ihren Kiefer und ihren Hals, wo er saugte und sie in den Wahnsinn trieb. Auch sie wollte ihn spüren, hatte noch nie zuvor einen Mann gespürt, doch gerade, als sie mit einer Hand über die harte Wölbung in seiner Jeans strich, zog er sich zurück.

Er starrte geradeaus, und seine Stimme klang belegt. „Du solltest jetzt besser zurück zum Tanz gehen."

„Nein. Ich möchte, dass du mit mir das machst, was du mit den schlimmen Mädchen machst." *Gib mir, wonach ich mich sehne, gib mir meine Freiheit.*

Er rammte eine Hand in seine Haare, stieß seinen Atem aus und beugte sich dann hinüber, um die Beifahrertür aufzustoßen. „Geh. Ich habe schon genug Ärger am Hals."

Und so ging sie auf zittrigen Beinen, pochte zum ersten Mal für einen Mann, schmerzhaft und heiß, und ging zurück ins Untergeschoss der Kirche. Zurück in ihre erstickende Realität.

2

Maggie hatte Charles in dem Moment, als sie zum Tanz zurückkam, nein gesagt, es würde niemals passieren. Nicht nur fühlte sie sich kein bisschen zu ihm hingezogen, sondern Patrick hatte ihr auch noch einen Vorgeschmack auf die Leidenschaft gegeben, und sie wünschte sich verzweifelt mehr. Charles hatte es ziemlich gut aufgenommen, wenn man so darüber nachdachte, und tanzte bereits kurz danach mit einem anderen Mädchen. Die wirkliche Schwierigkeit waren ihre Eltern. Deren Enttäuschung lastete schwer auf ihr und sorgte zu Hause für eine ständige Anspannung.

Es war Sommer, ihr letzter Sommer in Freiheit, bevor sie im Herbst zur Sekretärinnenschule gehen musste. Seit diesem einen Mal mit Patrick auf dem Parkplatz, war sie nicht mit ihm zusammen gewesen, doch sie dachte oft an ihn. Etwas an seinem Selbstbewusstsein, seinem völligen Desinteresse an dem, was andere Menschen dachten, riefen in ihr Bewunderung für ihn hervor. In der Schule hatte sie ihn aus der Ferne gesehen, in der Stadt, wenn er hin und wieder Lieferungen ausfuhr, doch bei den paar Malen, in denen sie sich ihm genähert hatte, hatte er nur kurz Hallo gesagt oder mit dem Kinn gezuckt und war weitergegangen. Er wirkte angespannt, sein Gesicht verkrampft und erschöpft, weswegen sie sich fragte, was in seinem Leben wohl vor sich ging. Wollte er so dringend die Stadt verlassen wie sie?

Sie schob eine verirrte Strähne, die aus ihrem hohen Pferdeschwanz entkommen war, hinter ihr Ohr, als sie in der frühen Morgenstille eines sonnigen Junitags auf die Main Street bog. Sie machte gerne lange Spaziergänge durch die Stadt, bevor es zu heiß wurde. Bald kam St. Mary in ihren Blick. Immer, wenn sie jetzt an die Kirche dachte, musste sie an ihren Tanz mit Patrick denken, der so privat und intim gewesen war, und was darauf gefolgt war. Bei der Erinnerung wurde ihr ganz heiß. Wie konnte sie sich mit einem durchschnittlichen Jungen zufriedengeben, während Patrick ihr die Leidenschaft eines Mannes gezeigt hatte?

Sie eilte an der Kirche vorbei, als könnte sie so ihren erotischen Erinnerungen davonlaufen. Die Straße hinunter entdeckte sie Bauarbeiter, die alles für den jährlichen, eine Woche dauernden Sommerjahrmarkt auf der großen Wiese neben der Feuerwehr aufbauten. Reine Freude durchfuhr sie. Der Jahrmarkt war die aufregendste Sache, die die Stadt zu bieten hatte. Das Riesenrad stand bereits, und eine Gruppe von Männern arbeitete gerade an der Walzerbahn.

Sie lief hinüber, um sich das von Nahem anzusehen, und wurde langsamer, als ihr Blick auf einen großen Mann mit unordentlichem, karamellbraunem Haar fiel, das sich in seinem Nacken lockte. Ihr Blick blieb an den breiten Schultern hängen, die den Stoff seines weißen T-Shirts spannten, und wanderte dann hinab zu einem tiefhängenden Werkzeuggürtel über einer Bluejeans, die in abgenutzten Lederstiefeln steckte. *Hengstalarm!* Sie liebte Männer, die gut mit ihren Händen umgehen konnten.

Er drehte sich um, brüllte einem kleinen, kahlköpfigen Mann mit einem riesigen Tattoo am Nacken, auf dem Odd Todd stand, etwas zu, schüttelte den Kopf und kam direkt in ihre Richtung. Sie erstarrte.

Patrick „Handsy" O'Hare.

Der Star Wide Receiver der Fieldridge High.

Der Mann, der sie für alle anderen Jungs ruiniert hatte. Der Mann, dessen Geschmack und Berührung in ihre Träume drang, sie heiß und begierig aufwachen ließ, sie zum Schmachten brachte. Der Mann, der seitdem kaum ein Wort mit ihr gewechselt hatte.

Seine haselnussbraunen Augen sahen direkt in ihre. „Hi, Maggie."

„Handsy", brachte sie krächzend hervor, ihre Kehle war plötzlich wie aus Pergament. Die Sonne hatte seine Haare heller werden lassen und seine Haut gebräunt, wodurch er nur noch umwerfender aussah.

„Patrick", korrigierte er sie. „Auf Handsy höre ich nicht mehr."

Sie öffnete schon den Mund, um ihn nach dem Grund zu fragen, doch da war er schon weg. Seine langen Beine überwanden die Distanz zu einem weißen Trailer mit einem verblassten Sternenlogo, auf dem Star-Jahrmarktproduktionen stand. Die Metalltür schloss sich hinter ihm.

Ihre Neugier und, ja, ihre Lust brachten sie dazu, zum Trailer zu laufen und anzuklopfen.

Die Tür schwang auf, und dahinter stand Patrick mit finsterem Gesicht. „Ich sagte doch schon, dass ich es hole. Oh." Er musterte sie, sein Blick wanderte über ihr blau-weiß gepunktetes Sommerkleid, blieb kurz an ihren nackten Beinen hängen – das Kleid endete auf mittlerer Höhe ihrer Schenkel – bis zu ihren Füßen, die in hellblauen Flip-Flops steckten. Er war der König der glimmendheißen Begutachtungen. Er blinzelte und sah ihr in die Augen. „Wie geht es dir?"

„Gut, danke. Im Herbst gehe ich zur Sekretärinnenschule." Als er schwieg, platzte sie heraus: „Ich habe deinen Rat befolgt und Charles nein gesagt."

Seine Brauen zogen sich zusammen. „Wer ist Charles?"

Sie wedelte durch die Luft. „Nur der Junge, von dem meine Eltern wollten, dass ich ihn heirate. Ich habe nein gesagt, also sind sie jetzt enttäuscht, aber es ist schließlich mein Leben, richtig? Egal, was machst du so?"

Kurz durchfuhr der Schmerz seinen Gesichtsausdruck, bevor er es rasch mit einem verkrampften Lächeln überspielte. „Ich arbeite."

Sie wusste nicht wieso, doch sie fühlte sich zu ihm hingezogen wie zu einem Magneten. Es war mehr als dass er bloß der schönste Mann war, den sie je gesehen hatte, oder dass er ein fantastischer Küsser war. Sie wollte wissen, was in seinem Leben los war, was diesen Schmerz hervorgerufen hatte. Sie erklomm die Metalltreppe, die zu der Tür führte, in der er stand. Hitze strahlte von ihm aus. Oder vielleicht war das auch sie, die eine Hitze produzierte wie ein Schmelzofen, nur weil sie wieder in seiner Nähe stand, nachdem sie schon so lange nur noch mit der Erinnerung an ihn gelebt hatte. Sein Kiefer war köstlich ungepflegt mit seinen dunkelbraunen Stoppeln, von denen sie wollte, dass sie wieder an ihr kratzten, während er – konzentrier dich! „Was machst du denn hier beim Jahrmarkt? Ich dachte, du arbeitest auf dem Markt."

Er drehte sich um und ging in den Trailer hinein. Sie folgte ihm, schob sich noch durch die rasch sich schließende Tür und sah zu, wie er eine riesige Werkzeugkiste mit zahlreichen interessanten Ebenen und Fächern durchwühlte. „Ich suche die richtige Schraube für ein Loch."

Das klang schmutzig, und, Gott stehe ihr bei, es gefiel ihr. Sie verkniff sich ihren Impuls, etwas Schmutziges darauf zu erwidern, und entschied sich für etwas Klassisches: „Vielleicht könnte ich dir ja helfen." Denn ihre Mom hatte sie zu einer Lady erzogen. *Schnaub.*

„Du weißt ja nicht einmal, was für eine Schraube ich suche." Er gestikulierte grob in Richtung Tür. „Sie muss ausgefallen sein, als wir die Walzerbahn aufgebaut haben."

Sie konnte das Lachen nicht zurückhalten, das heraussprudelte. „Du hast eine Schraube locker?"

Seine haselnussbraunen Augen verengten sich. „Kann ich eigentlich irgendetwas für dich tun?" Was seine nette Art war, ihr zu sagen, *verzieh dich.*

„Warum arbeitest du nicht mehr auf dem Markt?"

Er verkrampfte seinen Kiefer. „Ich habe mir einen Monat freigenommen, um kräftig für ein offenes Tryout bei den New York Titans zu trainieren. Das ist ein neues Profi-Football-team. Hab's nicht geschafft. Jetzt arbeite ich für den Zirkustrupp meines Onkels, weil … ach egal. Das ist jetzt erst einmal mein Job."

Sie dachte sich, dass er seinen Traum wenigstens angegangen war. Es überraschte sie, dass er es nicht ins Team geschafft hatte. Er war wirklich ein unglaublicher Sportler. „Tut mir leid, dass du nicht ins Team aufgenommen wurdest."

„Danke", sagte er durch zusammengebissene Zähne.

Vermutlich war das das letzte Mal, dass sie ihn sehen würde, bevor er mit dem Jahrmarkt weiterzog. Etwas in ihr rebellierte bei dem Gedanken daran. Sie wollte, dass er sich besser fühlte, dass sie gemeinsam Spaß hatten. Schließlich konnte ein Jahrmarkt sehr romantisch sein. Sich oben im Riesenrad küssen, sich im Spukhaus befummeln (ja, selbst im Sommer nutzten sie das alte Kellerhaus sehr gut), es beim Feuerwerk im Park mit jemandem treiben.

So hatte sie es zumindest gehört.

All ihre Furcht davor, zur Sekretärinnenschule gehen zu müssen, und vor ihrer Zukunft, dazu Patricks derzeitige Enttäuschung ließen ein strahlendes Licht auf die Wichtigkeit des Hier und Jetzt werfen. Vielleicht konnten sie die ganze Jahrmarktromantik genießen, die sie sich immer gewünscht hatte. Sie würden dafür sorgen, dass der andere sich gut fühlte, selbst, wenn es nur vorübergehend war.

Denn war eine Woche „Handsy"-Spaß nicht besser als nichts? Ihr Puls hatte sich bereits beschleunigt, weil sie nur neben ihm stand. Man musste sich vorstellen, was passieren würde, wenn er sie wieder berührte.

Ihre Gedanken blitzten zu glänzender, goldener Haut, die an ihrer entlangglitt, klitschnass vor Verlangen –

„Hab sie!" Triumphierend hielt Patrick eine große Schraube in die Höhe. „Wusste ich doch, dass wir eine hier haben."

Sie löste ihr Haarband und schüttelte ihre langen hellroten Haare aus. Das war vermutlich noch das Beste an ihr. Nicht, dass es ihm aufgefallen wäre. Er ging bereits zur Tür und schob sich an ihr vorbei. Sie atmete Seife und sexy Mann ein. Ihre Lieblingskombination.

Sie räusperte sich, um seine Aufmerksamkeit zu bekommen, und im Kopf suchte sie verzweifelt nach einer eleganten Möglichkeit, ihn darum zu bitten, die Woche über Spaß mit ihr zu haben, doch was herauskam, klang viel mehr nach einem Jobvorschlag. „Vielleicht könntest du ja Footballtrainer werden oder …" Sie wartete darauf, dass er die Lücke mit einem passenden Verb füllte. (Oder einem entsetzlich Unanständigen.) Offensichtlich musste sie sich zu der wichtigeren Frage vorarbeiten. „Nun, was würdest du denn gerne tun?"

Er hielt inne, eine große, fähige Hand am Türknauf. „Was ich jetzt tun werde, ist, die Walzerbahn fertig aufzubauen. Ich bin jetzt Schausteller."

Er sah nicht aus wie ein Schausteller. Er sah aus wie ein großer, breitschultriger, supersexy Sportler.

Fasziniert folgte sie nach draußen, genoss den Anblick seines festen Hinterns, während er zu dem Fahrgeschäft marschierte, das ein Herumfummeln offensichtlich mehr brauchte als er. Vermutlich. In letzter Zeit waren ihre Träume von Patrick außergewöhnlich detailreich gewesen. Sie hatte schon immer eine lebhafte Fantasie gehabt. „Ich sehe nur einfach keinen Schausteller in dir."

Er drehte sich um und grinste, eine Mimik, die sein Gesicht erhellte. Auch alle ihre Lieblingsmädchenpartien erhellten sich. „Ich helfe ja bloß meinem Onkel über den Sommer. Ich muss mal raus aus der Tretmühle. Wir begleiten die Fahrgeschäfte und bauen überall im Nordosten Jahrmärkte auf."

„Dann nimm mich mit!" Denn das klang irgendwie lustig.

„Wir haben genug Leute, aber danke." Er zwinkerte, und bevor sie zurückzwinkern oder auch nur etwas annähernd Flirtendes tun konnte, ging er schon weiter.

„Bye, Schausteller!", brüllte sie.

Er lachte schallend. „Bye, Maggie."

„Ich heiße Maggie Murphy. Merk dir den Namen, Patrick O'Hare."

Er drehte sich um und kam zurück, während er sprach. „Warum? Wirst du etwa bleiben?"

Sag etwas Flirtendes. „Ente!", brüllte sie.

Seine Brauen schossen in die Höhe. „Ente?", fragte er, bevor er rittlings über eine Ente stolperte.

Sie verzog das Gesicht. Tatsächlich war eine ganze Reihe Enten aus dem Streichelzoo ausgebüxt, der gerade in der Ecke der Wiese aufgebaut wurde. Er landete im Gras auf seinem Hintern. Mama Ente quakte ihn an und flatterte mit den Flügeln, bevor sie ihre Jungen davonscheuchte. Patricks Ohrenspitzen wurden rot.

Zu sehen, wie der Superstar Wide Receiver auf seinem Hinterteil landete, während er von einer Ente ausgeschimpft wurde, berührte ihr Herz. Sie ging zu ihm und reichte ihm ihre Hand, um ihm aufzuhelfen.

„Ich schaff das schon", knurrte er und stand auf.

„Was machst du später?", fragte sie, womit sie meinte: *Küss mich, bitte.*

Seine Lippen verzogen sich zu einem sexy Lächeln. Als hätte er die zweite Version in ihrem Kopf hören können. „Komm am Mittag zu meinem Trailer."

Er drehte sich um und ging davon.

Okey-dokey. Zeit, Hand anzulegen. Sie rang den Impuls nieder, ihren Glückstanz aufzuführen (für den Fall, dass er es sah), und schwebte zurück nach Hause.

„Wer ist das Mädchen, Patrick?", fragte Onkel Todd, der an Patricks Seite auftauchte, wo er gerade eine Schraube als Verstärkung des Gelenks anbrachte, das einen Arm der Walzerbahn hielt.

Patrick zuckte mit dem Kinn. „Nur jemand aus der Schule." Er wusste nicht, warum er damit einverstanden gewesen war, sich mit ihr zu treffen. Sie stand wegen Football auf ihn, und Football gab es nur in seiner Vergangenheit. Er wusste, dass er ein Nichts war, dass die Leute ihn verurteilten und ihn Trailer Trash nannten. Football war seine einzige Hoffnung gewesen, etwas aus sich zu machen. Jetzt musste er sich überlegen, wer er war, ohne die eine Sache, in der er gut war. Vermutlich war es auch nicht gerade hilfreich gewesen, dass das einzige Mädchen, für das er wirklich Gefühl gehabt hatte, Sandra, ihn für den Quarterback hatte fallen lassen. Das Letzte, was er jetzt brauchte, war ein weiteres Mädchen, das aus den falschen Gründen auf ihn stand. Doch etwas an Maggie Murphy und ihrem breiten, strahlenden Lächeln sprach ihn an. Sie sah ihn nicht an, als wäre er Müll. Sie sah ihn mit Verlangen in den Augen an. Als wäre er es wert, mit jemandem wie ihr, aus einer gut situierten Familie, zusammmen zu sein.

Wenn er noch einmal von vorn anfangen konnte, würde er sich zu einhundert Prozent auf den Football konzentrieren. Bei den State Championships hatte er sich nicht konzentrieren können, war am Boden gewesen, weil Sandra ihn verlassen hatte, abgelenkt, weil sie am Rand ihre flirtende Aufmerksamkeit dem Quarterback geschenkt hatte. Hätte er sich konzentriert, hätten sie gewonnen, und vielleicht hätte er dann ein Stipendium von einem College bekommen. Ansonsten hatte er nicht die Noten und auch nicht das Geld fürs College. Er würde nie wieder ein Mädchen so nah an sich ranlassen, dass es noch einmal seine Chancen ruinierte. Doch im Leben gab es keinen Neuanfang, also sollte er leben und verdammt noch mal lernen.

Seine dunklen Gedanken verblassten, als er Onkel Todds Grinsen sah, das seine beiden vergoldeten Schneidezähne mit dem Diamant-T präsentierte. Sein Onkel war der jüngere Bruder seiner Mom, fast das komplette Gegenteil seiner Mom mit ihrer großen, schlanken und graziösen Statur. Onkel Todd oder Odd Todd, wie seine Freunde und sein Halstattoo ihn nannten, war ein kleiner, etwas aus der Form geratener Nomade. Es ging das Gerücht, dass Todds Dad tatsächlich ein Magier gewesen war, der mit dem Jahrmarkt durch die Städte gezogen war. Todd hatte die Idee gefallen und sich dem Jahrmarkt angeschlossen, der ihm jetzt gehörte. Das passte perfekt zu ihm. Patrick war es egal, ob das Gerücht stimmte oder nicht, Onkel Todd war tierisch lustig. Und was noch wichtiger war, Football bedeutete seinem Onkel gar nichts, er behandelte ihn trotz Patricks Scheitern wie immer.

„Sie sah für mich aus wie ein Hauch frischen Kaugummiatems", erklärte Onkel Todd.

„Japp." Ihre nackten Beine waren ihm nicht entgangen, das rosa Erröten ihrer Wangen, ihre Zunge, die herausgeschossen war, um ihre Lippen zu befeuchten. So verdammt sexy. *Platz, Junge.* Er ging zu dem Stapel mit Ausrüstungsgegenständen, der etwas entfernt war, um etwas Schmieröl für die Scharniere zu holen, und hoffte, damit zu verhindern, dass der schlafende Riese in seiner Hose erwachte. Er hatte sich bereits einen Eimer mit Eis in seiner Jeans vorstellen müssen, als die süße Maggie ihm so nah gekommen war, dass er ihren Vanilleduft hatte inhalieren können. Er stand wahnsinnig auf Vanille.

Als er zurückkam, stieß ihm sein Onkel den Ellbogen in den Magen. „Was?", fragte Patrick lächelnd. Das sollte besser was Gutes sein.

Sein Onkel ließ sich Zeit mit seiner Antwort und wischte sich mit dem unteren Rand seines weißen Unterhemds den Schweiß vom Gesicht. Patricks Blick fiel auf das Tattoo einer Meerjungfrau auf dem runden Bauch seines Onkels, die er so gerne schwimmen ließ. Darüber hatte Patrick immer lachen müssen, als er noch klein gewesen war. Sein Onkel ließ das Hemd wieder herunter, sah Patrick in die Augen und zielte mit einem direkten Schlag geradewegs auf ihn. „Könnte nicht schaden, sich ein wenig mit jemandem zu vergnügen, der so anders ist als Scarlett."

„Sandra", sagte er durch zusammengebissene Zähne.

Onkel Todd machte eine feminine Geste durch die Luft, die so gar nicht zu seiner kleinen, untersetzten männlichen Statur mittleren Alters passen wollte. „Und warum habe ich dann Scarlett gedacht? Ach, ich weiß. Das eine Mal, das ich sie getroffen habe, hatte sie ihre Nase so hoch in der Luft wie Scarlett aus *Vom Winde verweht.*"

„Wie du meinst", murmelte Patrick. Sein Onkel stellte immer merkwürdige Bezüge zu alten Filmen her. Tatsächlich hatte Patrick einige dieser Filme mit seinem Onkel gesehen, und Sandra war ein wenig wie Scarlett – schöne, aufpolierte

Eleganz mit einer inneren Stärke so hart wie Nägel. Er hatte sich bis über beide Ohren in sie verliebt. Nie wieder.

Sein Onkel begann „All Shook Up" von Elvis zu singen. Er war ungefähr so subtil wie ein zweihundertfünfzig Pfund Linebacker. *Bam!* Schwerer Tackle an der 5-Yard-Linie.

„Ja, ja", sagte Patrick und machte sich wieder an die Arbeit.

Patrick ertrug unendliche Musiknummern seines Onkels, von denen er wusste, dass sie ihn bei den kommenden langen Fahrten in die nächste Kleinstadt, die einen Jahrmarkt brauchte, auf die Nerven gehen würden, doch das war ein kleiner Preis, den er dafür zahlen musste, dass er nicht an Football und seine eigene unsichere Zukunft erinnert wurde. Es war schwierig, sich zu beruhigen, während er solch große Träume hatte. Eine rastlose Energie schlug ihre Krallen in ihn.

Seine Gedanken wanderten zu Maggie. Sie war voller funkelnder, lebhafter Energie. Der Spaß stand ihr ins Gesicht geschrieben. Wenn er sie nur dazu bringen konnte, nicht vom Football zu reden, konnte sie genau die Ablenkung sein, die er brauchte. Sie konnten eine Woche miteinander rumhängen. Als Freunde. Er wollte nicht ihren Ruf besudeln und sie dann verlassen, ganz egal, wie verführerisch sie war. Viele Mädchen machten sich ein Spiel daraus, so viele Trikots wie möglich vom Footballteam zu sammeln, nachdem sie rumgefummelt hatten. Eine Weile hatte ihm das Spaß gemacht, bis er sich so sehr in Sandra verliebt hatte. Er hatte gedacht, dass sie dasselbe wollte. Wie sich herausstellte, war sie noch schlimmer als die anderen und suchte nur den besten Kandidaten, um das große Liga-Geld zu heiraten. Als sich die Talentsucher für ihren Quarterback interessierten, hatte das auch Sandra getan.

Also kein Fummeln mehr und definitiv keine Beziehung. Er musste sich darauf konzentrieren, sich seine Zukunft ohne Football auszumalen. Es musste einfach mehr für ihn geben als einen Trailer auf der falschen Seite der Schienen.

3

───────

Patrick wartete auf der vorderen Stufe des Trailers, wo Maggie ihn treffen sollte. Er hatte sich vorgenommen, gleich zu Beginn anzusprechen, dass er auf keinen Fall über Football reden wollte, und dass sie dann, wenn das für sie in Ordnung wäre, Zeit miteinander verbringen konnten. Er hatte die letzten Wochen so viel Zeit mit seiner Schaustellerfamilie verbracht – die alle entweder mittleren Alters oder uralt waren –, dass er sich irgendwie darauf freute, mit jemandem seines Alters reden zu können.

Oder auch nicht.

Bei dem Anblick vor sich unterdrückte er ein Ächzen. Maggie hatte eine weiße Bluse angezogen, die vorne so tief ausgeschnitten war, dass sie etwas Busen zeigte, trug rosa Shorts und Flip-Flops. Ihre Kurven, und dass sie so viel Haut zeigte, waren viel verführerischer als das Kleid, das sie vorhin getragen hatte. Das Schlimmste daran war, dass sie ihr Jahrbuch von der Schule dabeihatte. Vermutlich wollte sie, dass er sein Bild in der Footballuniform für sie signierte, und daran wollte er sich nicht gerne erinnern. Er stand auf und ging ihr entgegen.

Sie blieb abrupt stehen, als ihre Zehenspitzen beinah aneinanderstießen, und strahlte. Sein Mund wurde ganz trocken. Ihre Augen waren leuchtend blau und funkelten vor

Unfug. Ihre hellroten Haare waren lang und wellig und flossen über ihre Schultern. Er nahm ihr das Jahrbuch ab. *Schöne magische Göttin.*

Er hielt den Atem an. Woher war das denn gekommen? Aber Göttin passte perfekt. Sie leuchtete von innen heraus, glänzte, zog ihn an sich.

„Ich dachte, du könntest mein Jahrbuch signieren", sagte sie. „In der Schule habe ich dich leider nicht gesehen, als es herauskam."

„Lass uns diesen Quatsch mit dem Unterschreiben vergessen."

Sie neigte ihren Kopf, dann sagte sie zustimmend: „Okay, wenn du meinst."

Sie griff nach dem Jahrbuch, und ihre schlanken Finger strichen über seinen Bauch. Bei der Berührung gerieten seine Gedanken durcheinander, da alles Blut in südliche Regionen abfloss.

Sie sah erwartungsvoll zu ihm auf und steckte sich das Jahrbuch unter den Arm. Ihr Kopf ging ihm bloß bis zur Brust, und ihre zierliche Größe rief in ihm das Verlangen hervor, sie aus einem ganz verrückten Grund herumzuwirbeln. Sie meldete sich zu Wort. „Ich bin bereit, wenn du es bist."

Bereit. Bereit wofür? Er wollte gerade schon fragen, doch was stattdessen herauskam war: „Deine Bluse gefällt mir."

Sie sah an sich selbst hinunter. „Danke. Die habe ich selbst gemacht."

Er konnte darunter ihren BH erkennen, die süße Kurve ihrer Brüste.

„Warum möchtest du mein Jahrbuch nicht signieren?", fragte sie.

Er riss seinen Blick zurück zu ihren Augen. „Das erinnert mich an Football. Ich versuche gerade, das hinter mir zu lassen."

Wieder neigte sie ihren Kopf. „So ist es richtig!"

Er merkte, wie er lächelte, war ihr wirklich dankbar, dass sie ihm nicht einen Haufen Fragen stellte, warum er Football hinter sich lassen wollte. „Ich lege es in den Trailer." Er drehte sich um und ging in den Trailer hinein. Sie folgte ihm, beeilte sich, um mit ihm mitzuhalten, und er ging langsamer, damit sie ihn begleiten konnte.

„Du möchtest also hier drin knutschen?", fragte sie. „Du könntest mich auf die Arbeitsfläche heben, dann wären wir ungefähr auf gleicher Höhe. Ich bin mir sicher, dass du die Körperkraft dazu hast. Man muss dich ja nur ansehen."

Er sah zu ihr hinüber, war sich nicht sicher, ob er richtig verstanden hatte. Hatte sie ihn gerade gebeten, mit ihr zu knutschen? Die meisten Mädchen waren nicht so direkt. „Was?"

„Du könntest mich hochheben."

„Vermutlich."

„Cool." Sie legte das Jahrbuch ans andere Ende der Arbeitsfläche und lächelte ihn an.

Wieder lächelte er aus keinem anderen Grund als dem, dass es so leicht war, mit ihr zusammen zu sein. Und sie war schön. Und sie duftete nach Vanille.

Dennoch, er hatte gedacht, sie würden als Freunde ein wenig Zeit miteinander verbringen. Maggie hatte da andere Vorstellungen. Sie ging zu ihm und warf ihre Arme um seinen Hals.

Er stand mit seinen Armen an den Seiten einfach nur da. „Was tust du denn da?"

„Was meinst du wohl?" Und dann drückte sie ihre Lippen auf seine. Er reagierte instinktiv, seine Hände legten sich an ihre Taille, und er erwiderte den Kuss. Sie saugte seine Unterlippe in ihren Mund, und rohe Lust durchströmte ihn. Er übernahm die Kontrolle über den Kuss, fuhr mit seinen Fingern durch ihre Haarmähne, drückte sich näher, fester, schob seine Zunge hinein. Sie schmeckte nach Kirschen. Und das war sein letzter sinnvoller Gedanke. Das nächste, was er wusste, war, dass er sie auf die Arbeitsfläche setzte, seine Hände an ihrem Hintern lagen und er sie fest an sich drückte. Sie schlang ihre Beine um ihn, und dann zog sie an seinem T-Shirt. Er unterbrach den Kuss, um sich das T-Shirt auszuziehen und es hinter sich zu werfen.

„Uuh, Handsy", sagte sie und fuhr mit ihren Händen über seine Brust. „Das gefällt mir richtig gut."

Der Spitzname ließ ihn innehalten, er war wie ein Eimer voll Eis, der ihm über den Kopf gekippt wurde. Was zum Teufel tat er hier? Sie war ein Football-Fan. Er war vermutlich für sie nur ein weiteres Trikot. Das hatte er viel zu oft schon erlebt.

Er trat zurück, nahm sich sein T-Shirt und zog es wieder an.

„Was ist los?", fragte sie.

„Du hast mich Handsy genannt."

„Ups!"

„Ja, ups."

„Ich meinte Patrick. Das ist mir so rausgerutscht."

Er ging zur Tür und hielt sie offen. „Komm schon."

„Du wirst jetzt also nicht Hand an mich legen?"

„Nein."

„Patrick?"

Er seufzte. Sie würde es ihm nicht einfach machen. „Was?"

„Es hat mir wirklich gefallen, dich zu küssen."

Er spürte, wie er wieder hart wurde. In ihrer Nähe war dazu nicht viel nötig. „Danke dir!"

„Hat es dir auch gefallen, mich zu küssen?" Ihre blauen Augen waren hoffnungsvoll geweitet und zwangen ihn dazu, ehrlich zu sein.

„Ja."

Sie strahlte. „Lass uns Riesenrad fahren."

Es fiel ihm schwer, mit ihr mitzuhalten. Natürlich war es auch nicht gerade hilfreich, dass sein Gehirn so durcheinandergeraten war, als ihre Lippen seine berührt hatten. Eigentlich schon davor, wenn er ehrlich war. In dem Moment, als sie einander berührt hatten.

Er kratzte sich am Kopf, versuchte, sein Hirn dazu zu bringen, wieder zu funktionieren. „Das Riesenrad wird erst morgen eröffnet."

„Dann ist das ein Date!" Sie rauschte mit ihrem sexy Vanilleduft an ihm vorbei, und er musste all seine Willenskraft aufbringen, um nicht nach ihr zu packen und sie zurück in seine Arme zu ziehen. Stattdessen folgte er ihr nach draußen. „Möchtest du im Diner was essen gehen?", fragte sie. „Da gibt es die besten Fritten."

Sein Magen knurrte, und er war dankbar für die Ablenkung von dem Zauber, unter dem er durch diese magische Göttin gestanden hatte. „Ja, klingt gut."

Sie gingen die Straße hinunter zum Diner.

„Das mit deinem verhassten Spitznamen tut mir leid", sagte sie. „Ist nur so, dass wir ihn die ganze letzte Saison gerufen haben. Das bist einfach … du."

„Ja, na ja, ich kann dieser Typ nicht mehr sein. Ich muss mir jetzt überlegen, was als Nächstes kommt."

Sie hob einen Mundwinkel zu einem schiefen Lächeln, bei dem sein totes Herz mit einem merkwürdigen Hüpfer zurück ins Leben stolperte. „Ich stecke in derselben inneren Röhre", sagte sie.

Seine Brauen zogen sich zusammen. „Innere Röhre?"

Mit ihrem ganzen Arm machte sie eine Wellenbewegung. „Ich treibe so den Fluss der Unsicherheit hinunter und versuche zu erkennen, was als Nächstes kommt. Also, natürlich weiß ich, dass die Sekretärinnenschule als Nächstes ansteht, doch mein rebellisches Hirn hat da andere Vorstellungen. Vielleicht ergreife ich einfach die Flucht. Ich bin nicht bereit, mein ganzes Leben in einem Dorf im Nirgendwo festzustecken."

Er wusste ganz genau, was sie meinte. „Brichst du zu neuen Ufern auf?"

Sie nahm seine Hand, und ihre kleinere umfasste seine mit einer Geste, die sich nach Unterstützung anfühlte. „Nur unter uns, ich würde gerne nach New York City ziehen, um Schauspielerin zu werden."

„Kennst du jemanden dort?"

„Keine Seele. Meine Eltern würden mich enterben. Das wäre für mich ein großer Schritt. Sobald ich springe, gibt es kein Zurück mehr."

„Vielleicht gibt es ja etwas dazwischen. Du könntest als Kellnerin arbeiten, während du vorsprichst. Vielleicht findest du eine Mitbewohnerin."

Sie nickte. „Das große Unbekannte. Es wäre definitiv einfacher, zur Sekretärinnenschule zu gehen und mir einen Job zu suchen. Doch dann sehe ich dich an und wie du deinem Traum nachgegangen bist, und denke, dass ich es vielleicht auch versuchen sollte."

Er verkrampfte seinen Kiefer. Es konnte sein, dass sie dasselbe grässliche Ergebnis erzielte wie er – Versagen. Und wo wäre sie dann? Allein in New York City, ungeschützt, musste irgendwie mit Trinkgeldern über die Runden kommen? Vielleicht war der beste Rat, den er ihr geben konnte, dass sie akzeptieren musste, dass große Träume in ihrer Fantasie am besten aufgehoben waren und sie es hinter sich lassen musste, wie er es getan hatte. Doch die Worte kamen nicht. Allein sie zu denken fühlte sich an, als müsste er ersticken.

Sie kamen am Diner an, und er hielt ihr die Tür auf. Sie ging hinein und hob zwei Finger in Richtung Kellnerin. Bei dem Duft nach gegrillten Hamburgern und Fritten lief ihm das Wasser im Mund zusammen.

„Patrick, ich finde, wir sollten zusammen fahren", sagte die magische Göttin. *Hör auf mit diesem Magie-Scheiß! Maggie, ihr Name ist Maggie.*

Er grübelte noch darüber, was sie mit fahren meinte – vielleicht diese Sache mit der inneren Röhre – als ein alter Mann rief: „Hey, ist das Patrick O'Hare?"

Er sah zu einer Gruppe Oldtimern – alten Männern – hinüber, die sich mitten im Diner um vier Resopal-Tische versammelt hatte.

„Das ist er!", rief einer. Er trug eine Bobcat-Kappe. Das war das Maskottchen der Highschool. Football wurde hier in der Gegend ganz groß geschrieben. „Junge, schaff dich hier rüber. Das Essen geht auf uns. Hey, alle miteinander, Handsy ist hier!"

„Handsy, Handsy, Handsy, score!", riefen alle im Chor.

Er hob grüßend eine Hand und überlegte schon, wie er hier verschwinden konnte, ohne alle zu brüskieren. Sie würden bloß über die State Championship reden wollen, doch es war zu schmerzhaft zu wissen, wie er alle enttäuscht hatte.

Doch dann meldete Maggie sich zu Wort und ratterte ihre Namen herunter – alle acht –, während sie süßlich lächelte. Er schnappte nur ein paar auf – George, Frank, Walter, Harry. „Es ist so schön, euch alle wiederzusehen!", rief sie.

Die Männer überschlugen sich geradezu, sie entsprechend zu begrüßen. Sie neigte ihren Kopf und nahm graziös ihr höfliches „Schön, dich zu sehen, Maggie" entgegen.

Maggie nahm seine Hand und drückte sie. „Er hört nur noch auf Patrick, und für die nächste Stunde gehört er mir."

Die Männer ließen sich nicht so leicht abwimmeln.

„Aww, Maggie, wir sind aber doch so große Fans", sagte einer. „Wir sind mit Handsy zur State gefahren."

„Vergiss die State", sagte ein anderer. „Beim ersten Spiel der Saison hat er den Pass gefangen, der das Spiel gemacht hat. Es war wie ein Wunder, dass er den gefangen hat!"

„Seit Jahren habe ich deinem Coach Vorschläge gemacht, was er beim Training machen soll", sagte der mit der Bobcat-Kappe. „Frank Johnson. Hat er den Long Johnson erwähnt?"

Maggie kicherte.

„Ähm, nein, Sir", sagte Patrick. „Den, ähm, Long Johnson hat er nie erwähnt."

Frank sah enttäuscht aus. „Der Long Johnson funktioniert immer. Du wirst schon sehen, das Geheimnis ist, du musst eindringen –"

„Er sagte, er hat noch nie davon gehört, Frank!", bellte Harry. Oder vielleicht war es Walter.

Frank fasste sich rasch wieder, hob seine Arme zu einem V wie Victory und rief dann: „Los, Bobcats!"

Patrick verzog das Gesicht.

Maggie ließ seine Hand los, ging zu der Gruppe und sprach so leise mit ihnen, dass er es nicht hören konnte. Dann kam sie zu ihm zurück, nahm wieder seine Hand und führte ihn zu einer Nische am Fenster. Niemand rief noch einmal nach ihm.

Er setzte sich ihr gegenüber und beugte sich vor. „Was hast du ihnen gesagt?"

„Ich habe ihnen gesagt, dass ich daran arbeite, dich als Footballcoach der Stadt zu gewinnen und dass sie mir die Möglichkeit geben müssen, meine Magie wirken zu lassen." Sie warf ihm ein verschlagenes Lächeln zu, das etwas Merkwürdiges mit seinem Herzen anstellte. Ihre blauen Augen tanzten vor Unfug, und er konnte nichts anderes denken als – ja. Ja zu Unfug. Ja zu Spaß.

Ja zu noch mehr Küssen.

Sein Blut erhitzte sich, als sie einander in die Augen sahen. Sie befeuchtete ihre Lippen. Eine elektrische Energie summte durch ihn, und er fühlte sich so lebendig wie seit Monaten nicht.

Er richtete sich auf, straffte seine Schultern und entschied sich, dass er genauso gut erhobenen Hauptes durchs Leben gehen konnte. „Was haben sie dazu gesagt?"

„Sie haben uns angeboten, uns etwas von Franks Selbstgebrautem zu geben." Sie bedeutete ihm, sich weiter vorzubeugen. Als er das tat, flüsterte sie: „Sie sagten, dass man sich damit innerhalb von drei Tagen verliebt, es sei wie ein Liebestrank. Natürlich war das nur ein Scherz. Vermutlich führt es nur zu einem betrunkenen Gelage und falschen Entscheidungen." Sie grinste.

Diese Liebessache hätte ihn so richtig abschrecken sollen. Und die falschen Entscheidungen definitiv. Wenn er noch irgendwie bei Verstand war, würde er die Flucht ergreifen. Stattdessen kämpfte er gegen den Impuls an, sie noch einmal zu küssen.

„Keine Sorge, ich treffe nie schlechte Entscheidungen", sagte sie und nahm sich die Speisekarte. „War nur ein Scherz! Du kennst mich noch nicht gut genug, um zu wissen, wann ich scherze, also lasse ich dich einfach wissen, dass ich es gerade nicht ernst meine." Sie sah ihn über die Speisekarte hinweg an. „Und ich treffe schlechte Entscheidungen."

Er schmunzelte. „Mit Selbstgebrautem meinst du Bier?"

Sie legte ihre Speisekarte hin. „Damit meine ich Schnaps. Erstklassigen Alkohol mit einem Hauch Frucht. Kann man im Spirituosenladen kaufen. Hey, magst du heute Abend bei

Tante Carolyn zu einer Flussparty gehen? Du kannst den Erdbeerschnaps mitbringen. Frank wird dir aushelfen."

Sie würde nach Erdbeeren, Kirschen und Vanille schmecken, und er würde sie verschlingen wollen. Er musterte sie einen Moment und versuchte, aus ihr schlau zu werden. Wollte sie einfach nur mit ihm rumhängen und Spaß haben oder war sie hinter seinem Trikot her? Damit sie damit angeben konnte, dass sie mit Handsy zusammen gewesen war.

„Kannst ja mal drüber nachdenken", sagte Maggie. „Doch das Angebot, etwas Spaß zu haben, läuft in einer Stunde aus." Ihre Mundwinkel hoben sich zu einem verführerischen, göttlichen Lächeln, das ihn anzog.

Die Kellnerin kam, um ihre Bestellung entgegenzunehmen. Er sah in die Speisekarte und entschied sich rasch für einen doppelten Cheeseburger und Fritten. Als sie wieder allein waren, ergriff er die Gelegenheit und fragte sich, was er wirklich wissen musste, auch wenn es Maggie vielleicht anpisste. „Mit wie vielen Footballspielern warst du schon zusammen?"

Sie schielte ihn an. „Das soll wohl ein Scherz sein, richtig?"

Langsam schüttelte er den Kopf.

„Du glaubst wirklich, dass Footballspielertypen sich für jemanden wie mich interessieren?"

„Typen?"

„Groß, muskulös –" Ihre Augen verloren den Fokus, und seine Jeans wurde eng „–bärenstarke Sportskanonen?"

„Ja."

Sie neigte den Kopf. „In der Schule war mein Spitzname verrückte Maggie."

Er verzog das Gesicht. „Autsch." Das war gemein.

Sie lächelte ihn warm an. „Gefällt mir, dass ‚Autsch' deine Reaktion war. Die meisten lachen bloß."

Er schluckte kräftig. Zwischen dem warmen Lächeln und der Erwähnung von Liebe war ihm unerwartet warm geworden. Das musste diese Sache mit der Göttin sein. Er hatte das

Gefühl, verzaubert zu sein. Verdammt, sonst war er nie so rührselig. Er musste sich wieder wie ein Mann verhalten.

Sie fuhr fort. „Also, nein, es gab keine Footballspielertypen, die mir zu Füßen gefallen wären."

Hätte es aber geben sollen. Diese Kerle waren Idioten. Trotzdem platzte er heraus: „Du sammelst also keine Footballtrikots?"

Sie rümpfte anbetungswürdig die Nase. „Warum sollte ein Mädchen ein Footballtrikot anziehen?"

Sie war kein Groupie.

Und er steckte jetzt in Schwierigkeiten, denn das nächste, was aus seinem Mund drang, war: „Ja, ich werde zu der Party gehen."

„Ju-huu!" Sie wedelte mit einem Finger vor ihm, und wieder tanzten ihre blauen Augen vor Unfug. „Aber nicht, dass du dich in drei Tagen in mich verliebst. Das ist bloß Aberglaube. Und du bist doch nicht abergläubisch, oder doch?"

„Nö." Klar, er hatte so seine kleinen Rituale vor einem Spiel (er lief gegen den Uhrzeigersinn einmal ums Spielfeld, klopfte sich dreimal auf seine Schulterpolster) und Traditionen, um eine Siegesserie nicht zu unterbrechen (seine Socken nicht waschen). Aber das war kein Aberglaube. Das war einfach nur klug.

Sie zwinkerte ihm übertrieben zu, und er fragte sich, ob sie von seinen kleinen Ritualen gehört hatte. Wie auch immer. Diese Tage lagen hinter ihm. Er drehte sich um und sah zum Fenster hinaus, schob das finstere Bedauern fort von sich.

„Möchtest du mal sehen, wie ein Salzstreuer verschwindet?", fragte Maggie.

Er drehte sich zurück zu ihr, und sie wedelte elegant mit einer Serviette, legte sie oben auf den Salzstreuer, dann nahm sie den Streuer, legte ihn in ihre andere Hand und zeigte ihm ihre leere Handfläche. Klassischer Taschenspielertrick.

„Sehr –", hob er an.

„Oh! Was ist denn das?" Sie zog den Streuer oben aus ihrer Bluse, wodurch sie ihm unbeabsichtigt einen ganz hübschen Blick in ihren Ausschnitt gewährte. Sein Mund wurde trocken.

Sie grinste, und ihre blauen Augen tanzten amüsiert. „Hm? Hm?"

Sein Verlangen engte ihn ein, sein Körper drängte ihn, sie zu berühren, zu kosten und zu verschlingen. Verdammt, wenn schon ein Zaubertrick ihn so sehr erregte …

Sie reichte ihm den Salzstreuer. „Ta-da!"

„Magische Göttin", murmelte er, griff über den Tisch nach ihrer Hand und zog sie zu einem Kuss an sich. Sie öffnete sich für ihn, ihre Zunge schoss hervor, um seine zu berühren, und er war verloren. Lust, die das Herz pochen ließ, ließ den Kuss rasch eskalieren, grob und fleischig, und verpasste ihm einen Rausch, als wäre er gerade über die Ziellinie zum Touchdown gelaufen, der das Spiel entscheiden würde.

„Burger und Fritten!", verkündete die Kellnerin und ließ ihre Teller krachend fallen.

Er riss sich von ihrem Mund los, der nach Kirschen schmeckte und von dem er scheinbar nicht genug bekam. Die Kellnerin schüttelte den Kopf und ging davon. Er betrachtete Maggies Gesichtsausdruck. War sie wütend, dass er sich in einem Diner hatte gehen lassen? Ihre Wangen waren gerötet, ihre Augen strahlten.

Sie nahm sich eine Fritte und fütterte ihn damit. „Und das sogar ohne Selbstgebranntes."

4

An jenem Abend hupte Patrick pünktlich auf der Straße vor ihrem Haus. Sie sah vorne zum Fenster hinaus und winkte ihm zu, während er noch im paradiesapfelroten Pick-up seines Onkels saß. Sportlich!

„Ein Gentleman würde reinkommen und deine Eltern kennenlernen wollen", sagte ihre Mom.

Maggie verkniff sich ein Lächeln. Sie hoffte doch sehr, dass Patrick heute Abend kein Gentleman wäre. Es ging doch nichts über eine Flussparty, um einen Typen dazu zu bringen, Frühlingsgefühle zu entwickeln. „Keine Sorge, Mom, es ist doch bloß bei Tante Carolyn. Ich bin mir sicher, man wird dir ausführlich Bericht erstatten!"

„Genau davor habe ich ja Angst", murmelte ihre Mom. Tante Carolyn war die jüngere Schwester ihrer Mom.

Maggie schoss zur Tür hinaus. Sie musste gestehen, dass sie vor Hormonen ganz aufgedreht war. Sie hatte wieder und wieder die schmutzigen Kapitel in den Büchern gelesen, die sie sich vom Regal ihrer Freundin Sue stibitzt hatte. Sues Eltern waren viel offener als ihre. Sie hatte allerdings das gute Gefühl, dass Patrick auch ohne ihre Anweisungen sehr wohl wissen würde, was er mit seinen großen fähigen Händen anstellen musste. Dennoch dachte sie sich, dass es wohl besser war, sich mit Buchwissen vorbereitet zu haben, da ihre eigene Erfahrung bisher ein Witz war.

Definitiv wusste er, was er mit diesem Mund anstellen konnte. Sie bebte, als sie an den köstlichen Kuss dachte, den er ihr an diesem Tisch im Diner gegeben hatte. Sie hätte sich bemüht, nach dem Essen noch mehr davon zu bekommen, doch er hatte zurück zur Arbeit gemusst. Morgen würde der Jahrmarkt seine Pforten öffnen, und sein Onkel brauchte ihn für den Aufbau. Offensichtlich war er der Jüngste und Stärkste in der Mannschaft.

Sie musste unwillkürlich lächeln, als sie am Truck ankam. Er sah frisch geduscht aus, seine karamellbraunen Haare waren noch feucht, sein eckiges Kinn glattrasiert. Er hatte sich umgezogen – er trug ein weißes Hemd zu Jeans. Yummie. „Hi, Hengst!"

Er grinste, woraufhin ihre Mädchenpartien in Habachtstellung gingen und lauerten. „Hey, Göttin. Mir gefällt dein Kleid."

Göttin! Wow! War sie eine Göttin? Es war nett, dass ihm ihr niedliches, neues, weißes Sommerkleid mit dem rot-blauen Streifenmuster aufgefallen war. Das Beste daran war, dass die dünnen Träger und der Rock, der an ihren Knien endete, so viel Haut zeigten. Sie lebte nach dem Motto: *Stelle niemals dein Licht unter den Scheffel. Lass es leuchten!* Das war ihre Wendung von etwas, das sie mal gelesen hatte. Jedenfalls wollte sie mehr Erfahrung, und sie wollte sie mit diesem umwerfenden sexy Patrick. Sobald sie in den Truck gestiegen war, fragte sie: „Warum hast du mich Göttin genannt? War es das Kleid?"

Er hielt den Mund geschlossen und starrte stur geradeaus. „Patrick?"

„Ähm, das ist mir nur so rausgerutscht. Ich hätte nicht —"

„O-o-o-h! Das ist das Netteste, was jemals jemand zu mir gesagt hat!" Sie warf ihre Arme um seinen Hals und küsste ihn auf die Wange. Sie spürte sein Lächeln daran. „Hast du den Erdbeerschnaps bekommen?"

„Japp. Der ist hinten in der Kühltasche." Er legte den Gang ein und fuhr los.

„Wie gefällt dir das Leben als Schausteller?"

„Es gefällt mir, aber es ist ja nur vorübergehend. Ich arbeite da für'n Appel und'n Ei."

„Aber du kannst da umsonst wohnen und kriegst auch noch Popcorn, Strauben und Corndogs."

„Und vergiss nicht das Eis, die Zuckerwatte und die karamellisierten Äpfel."

„Ganz genau! Alle Nahrungsgruppen sind vertreten – Fleisch am Stab, Süßes und Äpfel."

„Irgendwie glaube ich, du hast da was vergessen."

Sie tauschten ein Grinsen aus.

Er wandte sich wieder der Straße zu. „Also, was genau ist in diesem Selbstgebrannten drin?"

Sie grinste. „Flüssiges Feuer! Du wirst dich schon daran gewöhnen." Sie nannte ihm den Weg zum Haus ihrer Tante.

„Und wer kommt zu der Party?", fragte er.

„Jeder."

„Wer ist jeder?"

„Ich weiß nicht. Jeder, der jung genug ist, um zu feiern, wird dort sein. Meine Tante, Carolyn, definitiv, schließlich ist es ihr Garten. Vermutlich auch ihr Ehemann, Joe. Sie haben keine Kinder, deswegen gefällt es ihr wohl so sehr, die Gastgeberin für alle zu spielen, selbst für Jugendliche." Tante Carolyn, die jetzt in den Dreißigern war, war als Teenager Maggies Babysitter gewesen. Ihre Tante hatte keine Kinder bekommen können.

„Kennst du alle in der Stadt?"

„So ziemlich. Ich lebe hier schon mein ganzes Leben. Was ist mit dir? Wo hast du gewohnt, bevor du nach Fieldridge gekommen bist?"

„Bevor meine Mom ihren Job verloren hat, haben wir in Queens gewohnt. Aber auch davor sind wir schon mehrmals umgezogen. Jedenfalls sind wir hierhergezogen, weil eine Freundin ihr einen Job als Kellnerin in einem schicken Restaurant besorgt hat. Außerdem war es erschwinglich."

„Das ist gut."

„Schätze schon. Es muss schön sein, irgendwo sein ganzes Leben zu verbringen. Du kennst jeden, und jeder kennt dich."

„Auf gewisse Weise schon, aber auf andere … nein."

„Wie kann das schlecht sein?"

Sie hob eine Schulter. „Weil sie einen so gut kennen, dass sie gewisse Erwartungen haben. So, wie die meisten mich immer noch für ein wenig merkwürdig halten, weil ich in meinem ersten Jahr an der Highschool eine Hose getragen habe."

„Eine Hose?"

Sie nickte einmal. „Ich habe unter meinem Rock eine Hose getragen, weil ich dachte, dass das sehr Rock'n'Roll wäre. Die Kleidervorschrift besagte zwar, dass Mädchen keine Hosen tragen dürfen, aber genau genommen hatte ich ja einen Rock an. Seitdem sehe ich den Leuten an, dass sie nur darauf warten, dass ich wirklich irgendetwas anstelle da draußen."

Er schnaubte. „Du? Niemals!"

Sie grinste. „Wann habe ich denn bei dir schon mal etwas Merkwürdiges getan?"

„Hast du nicht, aber deine verschlagenen Augen sagen mir, dass du etwas ausheckst."

Sie lachte. „Ich habe nun mal gerne Spaß. Apropos, du und ich, wir müssen unbedingt diese ganze Jahrmarktsromantik erleben."

„Romantik?", krächzte er.

„Ja, du weißt schon, wir küssen uns oben im Riesenrad, all die guten Sachen."

„Ich muss wirklich aufhören, dich zu küssen."

„Warum? Du hast doch gesagt, es gefällt dir."

„Es gefällt mir auch, aber –"

„Exzellent. Also, ich weiß ja, dass du ein Football-Star bist –"

„Sprich nicht darüber. Ich versuche, das zu vergessen."

„Oh-kay. Erzähl mir mehr über dich. Etwas Interessanteres als das F-Wort." Sie kicherte, fühlte sich extrem verdorben.

Ein langsames, sexy Lächeln dämmerte auf seinem umwerfenden Gesicht. „Es gibt nicht viel Interessanteres als das F-Wort."

„Dann sprechen wir einfach darüber."

„Also, ähm, na ja …", stammelte er anbetungswürdig.

„War nur ein Scherz! Was machst du gern, wenn du nicht, du weißt schon, diesen grässlichen Sport machst?"

„Nichts", sagte er geradeheraus.

„Du brauchst ein Hobby."

„Schätze schon."

Sie tippte sich an die Unterlippe und dachte nach. „Keine Sorge, mir fällt schon etwas ein."

„Da bin ich mir sicher."

Eine kurze, holprige Fahrt später bog er auf die Wiese hinter Tante Carolyns großem, altem weißen Haus und parkte. Der Garten fiel sanft hinunter zum Flussufer. Auf der anderen Flussseite boten Bäume an heißen Sommertagen Schatten, was ihn perfekt dafür machte, sich faul auf einem Reifen treiben zu lassen und zu schwimmen. Heute Abend jedoch gab es dort ein Lagerfeuer, und Gäste hatten sich am Ufer versammelt und hingen dort nur so herum. Aus einem Radio drang Rock'n'Roll zu ihnen herüber. Tante Carolyn war in Sachen Musik immer auf dem neuesten Stand, so ganz anders als Maggies Eltern.

Sie sah zu Patrick hinüber, der still und mit verschlossenem Gesichtsausdruck dasaß. Sie merkte ihm an, dass er traurig war, so, als holte ihn der Gedanke, dass er den Football verloren hatte, hin und wieder ein. Sie verdrängte das Bedürfnis, ihn zu umarmen. Er brauchte eine Pause von seinen Problemen, und sie hatte ihm für heute Abend Spaß versprochen.

Vielleicht würde ein kurzer Kuss helfen. „Patrick?"

Er drehte sich zu ihr um, und sie küsste ihn. Er reagierte spontan. Umfasste ihr Gesicht mit beiden Händen, vertiefte den Kuss, und sie spürte, wie sie sich fallen ließ, in ihn. Seine Lippen waren fest, warm und fordernd. Plötzlich wünschte sie sich, sie würden doch nicht zu der Party gehen. Er knabberte an ihrer Unterlippe, und sie stöhnte. Seine Zunge drang ein, stieß erotisch zu, löste schmerzhaftes Verlangen in ihr aus. Sie verkrallte sich in seinem Hemd, als seine Hand an ihrem Sommerkleid zu ihrem Innenschenkel wanderte und dabei eine Spur elektrischer Lust mit sich brachte, die sie feucht werden ließ. Sie stöhnte an seinem Mund. Ein Auto hupte, und sie rissen sich voneinander los.

Er drückte seinen Daumen an ihre Unterlippe. „Bei dir vergesse ich mich selbst."

Sie küsste seinen Daumen und hielt ihn dann. „Ich mich auch", erwiderte sie ehrlich. Er war ein erstaunlicher Küsser, und sie konnte sich nicht daran erinnern, sich jemals so in einem Kuss verloren zu haben. Als existierte sonst niemand. Es gab nichts als seinen Mund, seine Hände, wie er sie fühlen ließ, wenn er sie verschlang. Whoa. Und das war erst ihr dritter Kuss gewesen.

Er stieß seinen Atem aus. „Du weißt schon, dass ich in einer Woche aufbrechen muss, richtig? Der Jahrmarkt zieht weiter."

Sie nickte.

„Wir müssen damit aufhören." Er zog seine Hand aus ihrem Griff und schob sie durch sein Haar, zerzauste es anbetungswürdig. „Ich möchte keinen Quatsch machen und auch nichts Festes anfangen."

Bei dieser eigenartigen Bemerkung rümpfte sie die Nase. „Nun, was würdest du dann gerne tun?"

„Nichts."

„Warum?"

„Weil ich zum Teufel noch mal nicht weiß, was ich mit meinem Leben anfangen soll, und ich muss mich darauf konzentrieren."

Sie drückte seinen Arm. „Kein Problem! Wir haben einfach bloß Spaß. Lass den Selbstgebrannten hier. Wir können danach noch ein bisschen damit auf der Ladeklappe rumhängen, wenn wir alle gesehen haben. Komm schon, sie werden dich schon nicht beißen."

Sie hüpfte aus dem Truck, ging um den Wagen herum zu ihm und nahm seine Hand, dann führte sie ihn hinunter zum Ufer, wo einige Leute herumstanden, plauderten und lachten. Ein Gefühl von Frieden wusch über sie. Das waren ihre Leute, das hier war ihr Ort. Das würde sie vermissen. Wie konnte sie davon träumen, als Schauspielerin in der Stadt zu leben, wenn ihre Heimatstadt ihr Herz doch so ansprach?

Ihre rothaarige Tante, so quirlig wie immer, entdeckte sie in dem Moment. „Maggie! Komm her, mein Püppchen!"

Sie grinste und ging den schmalen Hügel hinab zum Ufer. Tante Carolyn zog sie in eine feste Umarmung. „Joe!", rief sie ihrem Mann zu. „Die kleine Maggie ist hier!"

Joe kam herbei, um sie zu begrüßen.

Maggies Wangen brannten. Nur Tante Carolyn schaffte es, dass sie sich wieder klein fühlte. Es war nicht einmal so, dass ihre Tante groß war, sie war genauso zierlich wie Maggie, doch ihre Tante war Maggies Babysitterin gewesen, seit sie drei Jahre alt gewesen war. Tante Carolyn konnte so einige Geschichten über Maggies verrückte Eskapaden als Kind erzählen. War es denn ihre Schuld, dass sie so viel Fantasie und viel zu viele Gelegenheiten hatte, um sie auszuleben? Als sie das Pony, das sie sich gewünscht hatte, nicht bekam, war es einfach nur logisch, einem Hund den Sattel aufzulegen. Der Hund war da ganz anderer Meinung gewesen.

Und auch ihre Katze.

Mittlerweile, unten am Fluss ... Sie nahm Patricks Hand. „Das ist Patrick. Er ist Schausteller und noch Jungfrau, was Selbstgebranntes angeht."

Tante Carolyn lachte. „Schön, dich kennenzulernen, Patrick. Geh's langsam an mit dem Selbstgebrannten. Das ist das Zeug für einen mörderischen Kater, wenn man nicht vorsichtig ist."

Joe tauchte auf und umarmte Maggie. „Schön, dich zu sehen." Er wandte sich an Patrick. „Hey, bist du nicht der Wide Receiver der Bobcats?"

„Nein", sagte Patrick.

„Doch, doch", sagte Joe und zeigte auf Patrick. „Ich habe dich in der letzten Saison gesehen. Mann, du warst umwerfend!"

„Oh, ja!", sagte Tante Carolyn, die ihn jetzt erst zu erkennen schien. „Du bist der beste Wide Receiver, der hier aus Connecticut kommt, seit ... immer!"

„Danke", sagte Patrick, dem man den Schmerz ansah.

Tante Carolyn tauschte einen verwirrten Blick mit ihrem Mann aus.

Maggie fühlte die unangenehme Gesprächspause. „Das war früher. Jetzt macht er sich an die nächste große Sache."

„Ach ja? Was ist das?", fragte Joe.

Sie drehte sich zu Patrick um, der blass und still war. Keine gute Art, sich bei einer Flussparty zu amüsieren. „Er denkt noch über seinen nächsten großen Schritt nach. Ich auch." Und dann begann sie einen langen Monolog über die Vor- und Nachteile der Sekretärinnenschule oder ihrer Muse zu folgen, auch wenn es da das Risiko der brotlosen Kunst gab. Er endete erst, als ihr die Luft ausging. Ihre Tante wusste von ihrem Traum, Schauspielerin zu werden.

„Ach, Süße, das war viel auf einmal", sagte Tante Carolyn. „Lasst es heute Abend einfach ruhig angehen."

„Das werden wir!", sang Maggie. Sie zog Patrick mit sich und stellte ihn allen vor, die sie kannte. Sie verbrachten so viel Zeit damit, sich unter die Leute zu mischen, dass es bereits dunkel wurde. Das fand sie aufregend, denn es war die Dunkelheit, die der Leidenschaft freien Lauf ließ.

Ihre Freundin aus der Highschool, Donna, eine Nachmacherin, die sich früher immer gerne wie Maggie angezogen hatte, mit denselben unbeliebten Ergebnissen, kam zu ihr gerannt und überfiel sie beinahe mit ihrer Umarmung.

„Ich hab dich ja seit dem Abschluss nicht mehr gesehen!", kreischte Donna. Sie trug eine rote Bluse und eine orangefarbene Caprihose. Die grellen Farben waren typisch. So bekam sie wenigstens Aufmerksamkeit.

„Das war doch erst vor einer Woche, Donna. Das ist Patrick."

Donna erstarrte, und dann fragte sie erstaunt: „Du bist mit Patrick O'Hare zusammen?"

„Ja", erwiderte Maggie schnell, bevor Patrick es leugnen konnte.

Donna sprach viel höflicher mit Patrick. „Ich bin ein großer Fan von dir. Ich meine von deinem Footballspiel."

„Danke", sagte Patrick steif.

„Zeit für Selbstgebranntes!", verkündete Maggie.

„Kommt her", sagte Donna und deutete auf eine Decke am Flussufer. „Ich habe Schokokekse gebacken."

„Machen wir nachher", sagte Maggie. Sie nahm Patricks Hand und ging zurück zum Truck, wo sie die Heckklappe herunterzog. „Das war doch gar nicht so schlecht, oder?"

Er lehnte sich gegen den Truck. „Nee."

Sie fand die Kühltasche hinten auf der Ladefläche und holte ein paar Einmachgläser voller flüssigem Feuer für sie heraus. Eins reichte sie Patrick und setzte sich neben ihn auf die Ladeklappe. „Hoch die Tassen", sagte sie, nahm einen Schluck und schüttelte sich, als es in ihrer Kehle brannte.

Auch er nahm einen kleinen Schluck und wischte sich den Mund ab. „Bah!"

„Du brauchst etwas mehr. Das schmeckt besser, je mehr du trinkst."

Er nahm noch einen Schluck und schüttelte den Kopf. „Pfui!"

„Ja?" Sie nahm selbst noch einen Schluck und spürte bereits die Auswirkungen, weil ihre Glieder schwer, aber locker wurden. Sie klopfte auf den Platz neben sich, und Patrick gesellte sich zu ihr.

„Hast du eine Decke?", fragte sie. „Wir können so eine Art Picknick machen." *Oder eine Knutschrunde.*

„Klar", murmelte er.

Mit einer großen Decke kam er von der Fahrerkabine zurück und breitete sie auf der Ladefläche aus. Er legte sich hin, legte seinen Kopf auf seine Hände und stieß seinen Atem aus. Sie legte sich zu ihm. Sie sahen zum dunklen Sternenhimmel hinauf. Der Mond leuchtete und war fast voll.

„Das habe ich vermisst", sagte er. „Wenn man auf dem Jahrmarkt arbeitet, sind da so viele Lichter, dass man die Sterne nur ganz schwach sieht."

„Es geht doch nichts über Sterne in einer Sommernacht", sagte sie. „Das würde ich vermissen, wenn ich nach New York City zöge."

Sein Kopf ruckte zu ihrem. „Du ziehst wirklich in die Stadt?"

„Da geht man nun mal hin, wenn man groß rauskommen will", sagte sie seufzend. „Das oder Hollywood, aber ich dachte mir, ich fange erst einmal hier in der Nähe an, werde hoffentlich bei irgendetwas entdeckt und ziehe dann in den Westen."

„Das ist cool."

„Ist bloß eine Fantasie. Ich weiß nicht, ob ich überhaupt jemals den großen Durchbruch versuchen sollte. Kann sein, dass ich am Ende einfach zurück nach Hause ziehe, und meine Eltern wären so wütend auf mich, dass ich die Sekretärinnenschule abgebrochen habe, dass sie sagen würden: ‚Viel Glück, Süße, du bist jetzt auf dich allein gestellt!'"

„Bist du eine gute Schauspielerin?"

Offensichtlich hatte Patrick nie gesehen, wie sie spielte. Und sie hatte keine Ahnung, wie sie darauf antworten sollte. Woher sollte sie wissen, ob sie aus ihren Auftritten bei Highschool-Produktionen etwas Professionelles machen konnte? Sie setzte sich auf, nahm den Selbstgebrannten und einen weiteren Schluck. „Gib mir einen Erdbeerkuss."

Er legte sich auf die Seite und stützte sich auf den Ellbogen. „Du schmeckst nach Kirschen." Seine Stimme war leise und rau. „Ich dachte, wir hätten uns darauf geeinigt, dass wir uns nicht mehr küssen."

Sie leckte sich über die Lippen, stellte das Glas mit dem Selbstgebrannten beiseite und legte sich ebenfalls auf die Seite, um ihn anzusehen. „Das ist Lippenbalsam mit Kirschgeschmack, und ich habe dem nie zugestimmt."

Seine große Hand umfasste ihre Wange. „Maggie!"

„Patrick", hauchte sie.

Er nahm seine Hand herunter. „Ich möchte dir nicht wehtun." Das fühlte sich nach einem Rückzieher an. Als meinte er in Wirklichkeit, dass *er* nicht verletzt werden wollte.

„Warum willst du nichts Belangloses und auch nichts Ernstes?", flüsterte sie. Jemand musste ihm sehr weh getan haben. Vermutlich Sandra Westwood, Patricks feste Freundin aus der letzten Footballsaison. Sie war Anführerin der Cheerleader gewesen und hatte gerade für Patrick für viel Jubel gesorgt. Doch sie hatten miteinander Schluss gemacht, kurz bevor die Saison zu Ende war. Es ging das Gerücht herum, dass sie ihn für den Quarterback verlassen hatte, und dass das der Grund war, weswegen Patrick bei der State Championship nicht sein Bestes gegeben hatte.

Er rollte sich zurück auf seinen Rücken. Sie betrachtete seinen starken Kiefer und überlegte, ob sie nachhaken oder einfach die Klappe halten sollte. Impulsiv strich sie mit einer Hand durch seine Haare, die so seidig weich waren, und er schloss die Augen. Er brauchte sie. Das wusste sie instinktiv. Er brauchte Trost.

Sie manövrierte sich so, dass sie im Schneidersitz hinter seinem Kopf saß, und zog an seinen Schultern. „Leg deinen Kopf in meinen Schoß." Wieder streichelte sie seine Haare.

Er legte sich so hin, dass ihre Beine sein Kissen waren, und sie streichelte weiter seine Haare, während er sich mit geschlossenen Augen entspannte.

„Vermisst du sie?", fragte sie.

„Wen?"

Guter Versuch. „Du weißt schon", sagte sie und streichelte immer noch sein Haar. „Sandra."

„Nein", sagte er scharf. Der Tonfall, der sie in ihre Schranken weisen sollte, zog sie stattdessen an. Er hatte ein zartes Herz. So wie sie. Sie beugte sich hinab und drückte einen sanften Kuss auf seine Stirn, dann streichelte sie weiter seine Haare. Sein Gesichtsausdruck entspannte sich.

Einen Moment lang sah sie gen Himmel. „Manchmal muss man das Leben mit beiden Händen packen, und manchmal muss man einfach loslassen. Ich zum Beispiel lasse gerne los und sehe dann, was passiert. Für gewöhnlich ist es etwas Gutes." Sie sah zu ihm hinab, auch er betrachtete die Sterne. Sie streichelte sein Haar, liebte es, wie sich die seidenweichen Strähnen anfühlten.

Er schnaubte. „Es ist schon eine Weile nichts Gutes mehr passiert."

„Wie wäre es, wenn du nur für diese Woche mal so wärst wie ich, und alles losließest? Einfach bloß Spaß hättest."

Er sah zu ihr auf. Selbst, wenn man ihn verkehrt herum sah, war er sexy, mit seinem kantigen Kiefer und seinen glatten sinnlichen Lippen. „Was heißt das?"

Sie streichelte seinen Kiefer, genoss die glatte, harte Linie.

„Das heißt, wenn ich dich küssen möchte, lässt du es zu und weißt, dass ich es genau so sehr mag wie du. Wenn ich dich berühren möchte, bitte, bei allem, was mir heilig ist, lass mich. Du bist so schön wie Michelangelos *David*. Das ist eine Statue."

Seine Lippen umspielte ein Lächeln. „Ich weiß, dass das eine Statue ist."

„Ich werde dich nicht verletzen, und du wirst mich nicht verletzen. Okay?"

Er stöhnte. „Maggie!"

Sie schenkte ihm ihr bestes, verführerischstes Lächeln. „Wir brauchen noch mehr Selbstgebrannten." Sie schob an seinen Schultern, und er setzte sich auf. Sie krabbelte zur Heckklappe und nahm sich das Glas. Dann reichte sie es ihm, und er nahm es, während sein Blick heiß auf ihrem lag. „Tu es, tu es", sang sie.

„Wie kann ich da schon nein sagen?" Er nahm einen Schluck, und sie jubelte. Er grinste und reichte es ihr zurück. So tranken sie ein paar Runden, schlucken und grinsen, schlucken und grinsen, bis daraus ein heißer Blick wurde.

Sie nahm einen letzten Schluck, stellte das fast leere Glas beiseite und rutschte wieder an seine Seite. Einen elektrisch geladenen Moment lang trafen sich ihre Blicke, dann prallten sie aufeinander, ihre Münder vereinten sich zu einem wilden Kuss, ihre Hände griffen überall hin. Jemand stöhnte. Sie fielen zurück auf die Decke, in einem einzigen Durcheinander aus Armen und Beinen. Sie wollte ihn ganz spüren, alles auf einmal, und er lag auf ihr, und seine Härte drückte gegen ihre Weichheit. Sein Mund rutschte an ihren Kiefer und über ihr Ohr. Er knabberte mit seinen Zähnen an ihrem Ohrläppchen. „Lass uns irgendwohin fahren, wo wir allein sind", flüsterte er.

Sie öffnete den Mund, um einen Vorschlag zu machen, wohin sie fahren könnten, doch sie konnte nicht weiterdenken, als er heiße Küsse mit offenem Mund über ihren Hals regnen ließ. Sie strich mit ihren Fingern durch das weiche Haar, das sich in seinem Nacken wellte.

Er hob seinen Kopf und sah sie an. „Sind deine Eltern zu Hause?"

Sie verzog das Gesicht. „Ja. Was ist mit deinem Trailer?"

„Den teile ich mir mit meinem Onkel."

Sie ächzte. Wieder prallten sie aufeinander. Er umfasste ihre Brust, strich über die feste Spitze, wodurch sie zu pochen begann. Das hier war verrückt. Es musste doch irgendetwas geben, wohin sie fahren konnten. Sie versuchte nachzudenken, doch dann ersetzte sein Mund seine Hand und er saugte durch den Stoff an ihrer Brust, und jeder rationale Gedanke floh aus ihrem Kopf. Seine Hand glitt an ihrem Körper hinab, nahm sich den Saum ihres Kleides und fuhr dann an ihrem Innenschenkel hinauf. Sie ließ ihr Bein zur Seite fallen, war offen und sehnsuchtsvoll für ihn.

Das Geräusch von Stimmen drang zu ihnen, eine davon war ihre Tante, von der sie sich das hier ihr Leben lang würde anhören müssen. Sie sah sie immer noch als die kleine Maggie, die Nichte, auf die sie früher aufgepasst hatte. Sie drückte gegen Patricks Schultern. Er hob den Kopf, seine Lippen noch feucht von dort, wo er an ihr gesaugt hatte. Seine Augen waren dunkel und heiß. „Was?"

„Steh auf! Meine Tante kommt."

Er krabbelte von ihr herunter.

Als Tante Carolyn an der Ladeklappe angekommen war und sie nach unten zum Nachtisch einlud, hatten sie sich beide unter Kontrolle. Mehr oder weniger.

Vielleicht war es einfach der Selbstgebrannte, der aus ihm sprach, doch zum ersten Mal, seitdem er sich vom Football verabschiedet hatte, war Patrick glücklich. Bei Maggie fühlte er sich leicht. Okay, er war betrunken. Das musste er sein, denn alles, was sie tat oder sagte, fühlte sich magisch an. Seine magische Göttin brachte ihn zurück ins Leben. Ihre Stimme war ein glücklicher Gesang, ihr schönes Lächeln ein sonniger Tag und ihr Körper ein dekadentes Dessert. Selbst im trunkenen Zustand erkannte er etwas Gutes, wenn es in seinem Schoß landete.

Wie Maggie gerade. Sie saßen in seinem Truck, den er ans Ende einer langen, gekiesten Einfahrt zur Pferdefarm von irgendjemandem geparkt hatte, weit draußen, mitten im Nirgendwo. Die Bäume an beiden Seiten der Einfahrt schenkten ihnen Privatsphäre. Das Haus war dunkel.

Sie setzte sich rittlings auf ihn, küsste ihn und knabberte an seinem Hals.

Er atmete Vanilleduft ein, Kirschen und Erdbeeren und packte ihre Hüften fester, wehrte sich gegen seinen Instinkt, tief in ihren Körper einzutauchen. Er wollte sie ganz dringend. Mehr als er jemals jemanden gewollt hatte. Und es hatte viele Footballgroupies gegeben, die sich ihm an den Hals geworfen hatten. „Maggie", brachte er hervor.

Sie hob den Kopf. „Nenn mich Göttin", flüsterte sie. „Das gefällt mir wirklich."

Er stöhnte. Sie wollte diesen Kosenamen für sich. Das gefiel ihm. Dann fühlte es sich an, als gehörte sie ihm. Von Minute zu Minute wurde sie unwiderstehlicher und er überraschend besitzergreifend. Ihm hatte nie genug an den Mädchen gelegen, um besitzergreifend zu werden. Nicht seit seiner Ex. „Göttin, wir sollten aufhören."

Sie runzelte die Stirn. „Aber es macht mir Spaß."

Er lehnte seinen Kopf zurück an den Sitz. Er stand kurz davor, den Reißverschluss an seiner Jeans aufplatzen zu lassen. Für diese Latte wurde es wirklich eng.

Und dann rutschte sie von seinem Schoß und öffnete seinen Reißverschluss.

Die Erleichterung, nur seine Baumwoll-Boxershorts zu spüren, war erstaunlich gut. Sie fasste ihre langen, hellroten Haare zusammen und hielt sie ihm entgegen. „Halt das mal", sagte sie.

Er wusste, was sie vorhatte, doch er wollte erst ihr Lust bereiten. Er packte ihre Haare mit der Faust, zog sie an sich und gab ihr einen festen Kuss. Sie erwiderte den Kuss leidenschaftlich und machte hinten in ihrer Kehle diese leisen Geräusche, bei denen er sie zurück auf seinen Schoß ziehen und ihr Kleid zusammenraffen musste. Er schob seine Hand seitlich unter ihr Höschen und einen Finger in sie. Sie verkrampfte sich um seinen Finger und warf den Kopf zurück.

„Warte", sagte sie keuchend. „Ich möchte –"

„Du zuerst, Göttin." Er streichelte sie mit langsamen Kreisen, schnellem Schnalzen, alles zielte auf ihre Lust ab. Sie hielt sich mit festem Griff an seinen Schultern fest. Mit seiner anderen Hand zog er ihr Kleid herunter und brachte ihren Nippel an seinen Mund, saugte fest daran, während er den Druck an ihrem süßen Punkt verstärkte, streichelte, kreiste und zustieß, seine Finger mit ihrer Lust befeuchtete, während sein eigenes Verlangen neben ihr immer fester wurde. Sie verkrampfte sich neben ihm, und er machte weiter, beobachtete sie, während sich ihre Augen flatternd schlossen, und ihre Lippen öffneten sich, als ihr leises Keuchen entwich. Sie zitterte in seinen Armen, und dann schrie sie und schob sich unbewusst gegen seine Hand. Sein Schwanz wurde dicker, härter, doch er drängte sie nicht, ließ sie es einfach ausreiten.

Sie sackte gegen ihn, und er zog seine Hand fort, hielt sie an der Hüfte. Er war zufrieden damit, sie einfach nur zu halten, was merkwürdig war, wenn man bedachte, wie angetörnt er war. Ihre zierliche Statur passte perfekt zu ihm. Sie fühlte sich richtig an.

Sie umarmte ihn. „Wusste ich's doch, dass du gut mit deinen Händen umgehen kannst."

Trotz des jämmerlichen Zustandes seiner Eier, rumpelte ein Lachen aus ihm. Er konnte sich nicht daran erinnern, jemals so viel gelächelt oder gelacht zu haben wie mit ihr. Seine Göttin.

Sie hob den Kopf und strahlte. Sein Herz stolperte.

Sie rutschte von seinem Schoß, ging auf die Knie und leckte sich die Lippen. „Und jetzt bist du dran."

Und dann machte sie sich daran, ihm die Ekstase zu zeigen, die eine fest entschlossene Göttin einem Jungen bereiten konnte. Ihr Haar fiel in weichen Wellen über seinen Schoß, ihr Mund war heiß und feucht, das Saugen zunächst zögerlich und dann verfickt perfekt. Das würde bei ihm nicht lange dauern. Er schloss die Augen, denn ihr vorstoßender Kopf brachte ihn dazu, selbst fest zustoßen zu wollen. Er keuchte, versuchte, nicht –

„Maggie", warnte er sie und zog an ihrem Haar.

Sie stöhnte und nahm ihn noch tiefer auf. Er konnte sich nicht zurückhalten. Er explodierte mit einem Brüllen, zuckte unkontrolliert, während sie jeden letzten Tropfen in sich aufnahm. Sie schluckte und leckte ihn sauber. Er hatte noch nie etwas Erotischeres gesehen. Er konnte nicht reden, hatte ohnehin nichts zu sagen, er war in einem dümmlichen, erstarrten Zustand des Entzückens.

Sie hob den Kopf und küsste ihn zärtlich.

Er war verloren.

5
———

Patricks Stimme klang heiser. „Vielleicht spricht da der Blowjob aus mir—"

Maggie lachte, ein fröhlich, quirliger Laut, bei dem er grinsen musste. „Dein Blowjob spricht?" Sie legte eine Hand unter ihr Kinn. „Faszinierend!"

Patrick lachte, während er seine Jeans zuknöpfte und den Reißverschluss zuzog. Sie konnte es nicht fassen, dass er das tun würde. Er vermischte niemals Freunde und seine Schaustellerfamilie, denn seine Schaustellerfamilie war ein wenig anders – einzigartig, um es vorsichtig auszudrücken – und er konnte es nicht ertragen, wenn seine Freunde sie verurteilten. Doch Maggie war anders, selbst ein wenig einzigartig, und er wollte sie in seiner Nähe behalten. Er wusste, dass sein Angebot natürlich dazu führen würde, dass sie alle kennenlernen würde.

Er machte es trotzdem. „Du willst beim Jahrmarkt helfen? Du könntest Fotos für einige neue Flyer machen. Mein Onkel kann allerdings nicht viel zahlen, wenn überhaupt etwas." Er hatte schon einmal gesehen, wie Maggie in der Schule Fotos gemacht hatte.

„Das fände ich toll! Ich war die Fotografin vom Jahrbuch, und ich habe meine eigene Kamera und eine Dunkelkammer. Fotos würden wirklich dafür sorgen, dass sich die Veranstaltung besser verkauft. Meine Mom könnte bei ihrer Arbeit Abzüge davon machen."

„Das wäre großartig. Mach Fotos von den Fahrgeschäften und den Buden, solange wir in der Stadt sind."

„Darf ich auch Fotos von den Schaustellern machen?"

Er wusste, sie würde alle kennenlernen wollen. Und doch, Fotos von den Schaustellern?

„Was?", fragte sie.

„Das wirst du meinen Onkel fragen müssen. Aber ich muss dich warnen, die Schausteller sind ein wenig anders."

„Inwiefern anders?"

„Ich weiß nicht. Einfach einzigartig."

„Wie ich?"

„Wie ..." Er wusste nicht, wie er es erklären sollte. Viel einzigartiger als sie, und sie war schon ziemlich einzigartig. Er kannte die zweite Familie seines Onkels schon sein ganzes Leben und hatte nie gedacht, dass irgendetwas merkwürdig oder anders war, bis sein Freund sie zum ersten Mal im fünften Schuljahr kennengelernt hatte. Für Patricks Geschmack war das Wort *Freak* einmal zu oft gesagt worden. Er hatte seinem Freund eine blutige Nase verpasst und seitdem niemandem mehr seine Schaustellerfamilie vorgestellt. „Egal. Du wirst schon sehen."

„Ich kann es nicht abwarten! Zu schade, dass es jetzt dunkel ist. Am liebsten würde ich gleich anfangen."

„Jetzt? Bist du nicht müde?"

Sie rutschte auf ihrem Sitz hin und her. „Ich bin voller Energie. Orgasmen tun das bei mir." Sie wurde rot und wandte den Blick ab. „Aber das war mein erster mit einem Mann."

Er verschluckte sich fast vor Lachen. Die meisten Mädchen waren nicht so direkt. Das gefiel ihm wirklich sehr an ihr. „Also ich habe das Gefühl, als könnte ich auf der Stelle einschlafen."

Sie streichelte seine Haare, wodurch er sich noch mehr entspannte. „Du hast auch den ganzen Tag körperlich gearbeitet."

„Beim Training habe ich schon mal mehr gemacht. Ach was. Egal. Schnee von gestern."

Sie gab ihm einen schnellen Kuss. „Jetzt machst du eben eine andere Art Training. Für den nächsten Teil deines Lebens."

Er lächelte. „Das gefällt mir."

Sie küsste ihn vorsichtig. „Und ich mag *dich*, Patrick."

Wieder machte sein Herz diesen merkwürdigen Hüpfer. Es gefiel ihm, wenn er seinen richtigen Namen von ihren Lippen hörte und nicht diesen Football-Spitznamen, der Erwartungen und Enttäuschung mit sich brachte. „Ich mag dich auch."

Sie strahlte, und er nahm sie nur einen Moment lang in sich auf, dann startete er den Truck und fuhr zurück auf die Hauptstraße.

Sie waren auf halbem Weg bei ihr zu Hause, als sie ihn ganz sachlich darüber informierte: „Du musst morgen Kondome kaufen. Es ist einfacher, wenn du es tust, sonst wird einer meiner vielen Verwandten mich sehen und es meinen Eltern erzählen."

Ihre Offenheit überraschte ihn nicht mehr. Die Wahrheit war, er wollte sie. Und offensichtlich wollte sie ihn. Doch ein Teil von ihm machte sich Sorgen, dass er mit jemandem herumtollen und dann die Stadt verlassen würde. Natürlich hatten sie bereits gemeinsam einen Orgasmus erlebt. Hmm …

Er sah zu ihr hinüber, und eine knochentiefe Ehrlichkeit und ein Sinn für Fairness ließ ihn herausplatzen: „Du weißt aber schon, dass ich in einer Woche in die nächste Stadt fahre, richtig? Am Montagmorgen packen wir, und vielleicht sehen wir uns dann nie wieder."

„Oder vielleicht doch", sang sie.

„Ich möchte dir nicht wehtun."

„Und das ist genau der Grund, weswegen du es auch nicht tun wirst. Das gefällt mir so an dir."

Ein warmer Strom füllte seine Brust, beinahe wie Stolz und etwas ganz und gar Zärtliches. Ihr Vertrauen in ihn berührte ihn tief.

Sie fuhr fröhlich fort: „Außerdem hast du mir die ganze

romantische Jahrmarkterfahrung versprochen, und ich verlasse mich auf dieses Versprechen."

„Was genau heißt das?"

Sie hob einen Finger. „Küssen im Riesenrad."

„M-hmm. Das hatten wir schon."

Sie hob jetzt zwei Finger. In einer dunklen Ecke im Spukhaus grapschen."

„Ja?"

„Oh ja. Das wird *erwartet*."

Merkwürdig, aber okay. „Klar, ich werde dich begrapschen."

Sie lachte. „Exzellent. Und last, aber ganz sicherlich nicht least, beim Feuerwerk miteinander schlafen."

„Draußen?"

„Japp."

„Neben allen anderen, die es miteinander machen?" Denn, auch wenn er offen für alles war, das war selbst für ihn ein wenig zu freizügig.

„Wir finden schon einen privaten Ort. Bist du dabei?"

„Verdammt, ja."

„Du gefällst mir, Patrick", sagte sie auf ihre lustige, anbetungswürdige Art. Und alles, woran er denken konnte, war, dass er den Rest seines Lebens damit verbringen wollte, ihr zu gefallen.

Er schloss seinen Mund, damit er nichts von diesem merkwürdigen Für-immer-Mist heraussprudelte. Das war viel zu früh. In einer Woche würden sie getrennte Wege gehen. Das musste wohl wieder der Blowjob sein, der aus ihm sprach. Himmel. Halt die Klappe, Blowjob.

~

Patrick war gerade fertig damit, beim Aufbau der Essensstände zu helfen – die Fahrgeschäfte waren bereit, heute Nachmittag um fünf eröffnet zu werden –, als er sah, dass Maggie auf ihn zukam. Sie trug ein hellblaues Top mit einem passenden blau-weiß gepunkteten Rock und ihren Flip-Flops. So verdammt niedlich. Sie winkte ihm mit einem sonnigen

Lächeln kräftig zu. Er hob eine Hand und nahm sie in sich auf, während sie sich näherte. Sie hatte ihr langes, hellrotes Haar zu einem hohen Pferdeschwanz zusammengenommen, der zu ihrem schwungvollen Schritt ausschwang, und er wollte nichts mehr, als dieses Haargummi herauszuziehen und mit seinen Fingern durch all diese glorreichen Haare zu streichen.

Sie blieb vor ihm stehen, ihre blauen Augen funkelten vor Unfug oder einfach nur Spaß. So oder so, er liebte diesen Blick in ihren Augen. „Hi", sagte sie sonnig.

Er räusperte sich, denn seine Kehle war zu früh von zu vielen Gefühlen verstopft. „Hi."

Sie hüpfte auf ihren Fersen. „Also, wann treffe ich Odd Todd? Ich habe sein Halstattoo gesehen. Hast du auch Tattoos?"

Er konzentrierte sich auf diese letzte Frage. „Nein."

„Ich hätte gern eins."

Er unterdrückte sein Entsetzen. *Für eine Frau war das ein Skandal.* Scheinbar war Maggie so etwas wie eine Rebellin. Und das gefiel ihm *sehr.* „Wo?"

Sie deutete auf ihren Knöchel. Sein Blick wanderte zu diesem Punkt, die lange Strecke ihres glatten, nackten Beines hinab. Er wollte es lecken. Allein bei dem Gedanken erwachte sein Schwanz. Eiskaltes Wasser, dachte er wie wild und hoffte, eine peinliche Latte damit vermeiden zu können. Er trug heute Shorts, hauptsächlich, weil in ihrer Nähe seine Jeans immer unangenehm eng wurde, doch ein Zelt in seinen Shorts wäre nicht so einfach zu verbergen. Er war ziemlich verloren, ganz egal, was er trug, solange seine magische Göttin in der Nähe war. *Nicht meine,* erinnerte er sich selbst.

„Du hast mich gar nicht gefragt, was für ein Tattoo", sagte sie.

„Was für eins?"

„Eine Göttin. Vielleicht Aphrodite, was meinst du?"

War das nicht die Göttin der Liebe? Hey, er wusste mal was. Hieß das ... Er riss seinen Blick von ihrem glatten Knöchel zurück zu ihren Augen. „Meinetwegen?"

Sie biss sich auf die Lippe, nickte und lächelte.

Am liebsten hätte er gesagt, bist du verrückt? *Markiere deinen Körper nicht permanent für einen Typen, den du kaum kennst!* Doch ein anderer Teil von ihm – eine neue, besitzergreifende Seite – mochte das. Sie würde mit seinem Anspruch markiert sein. Seinem Kosenamen für sie. Ein Lustrausch durchfuhr ihn, und er packte sie an den Hüften und zog sie an sich. Er sprach in ihr Ohr. „Ich möchte dein Bein vom Knöchel bis ganz nach oben lecken."

„Das darfst du", flüsterte sie zurück.

„Und noch eine Menge anderer Stellen", fügte er hinzu und legte seine Arme um ihre Taille, um sie ganz eng an sich zu ziehen. Er wusste, dass sie spüren konnte, wie sehr er sie wollte, doch es war ihm egal. „Ich muss mit dir irgendwohin, wo wir allein sind. Ich habe die Kondome." Er hatte sie aus der Sockenschublade seines Onkels geklaut.

„Patrick", hauchte sie. Sein richtiger Name von ihren Lippen törnte ihn so sehr an. Fast niemand hier, nicht einmal seine ehemalige Freundin Sandra, hatte ihn Patrick genannt. Verdammt, alles, was sie tat, brachte ihn in Fahrt.

Er strich mit seinen Lippen über ihre. „Maggie!"

„Da lernen wir uns also endlich kennen!", ertönte die Stimme seines Onkels. Maggie erschrak, und Patrick löste sich widerwillig von ihr. Er rückte gleich alles zurecht. Nicht, dass seinem Onkel das aufgefallen wäre. Sein scharfer Blick ruhte auf Maggie.

Patrick merkte, wie er den Atem anhielt. Sein Onkel behauptete immer, dass er alles, was er über einen Menschen wissen musste, bei einem ersten Blick in dessen Augen erfuhr. Er wollte, dass sein Onkel sie für einen guten Menschen erklärte, dass er sah, was Patrick sah.

„Na, du bist ja mal ein richtiges Püppchen." Onkel Todd nickte. Er drehte sich zu Patrick um und sagte ohne Ton: „Guter Mensch", was Patrick zugleich mit Stolz und Erleichterung erfüllte. Von allen in seiner Familie schätzte er die Meinung seines Onkels besonders, denn er war der beste Mensch, den Patrick kannte.

„Es ist so schön, Sie kennenzulernen", sagte Maggie und streckte seinem Onkel die Hand entgegen. „Ich bin Maggie."

Onkel Todd schüttelte ihr herzlich die Hand. „Und ich bin Patricks Onkel, Todd, aber meine Freunde nennen mich Odd Todd. Ich habe keine Ahnung, wieso." Er drehte sich um und deutete auf das Tattoo hinten an seinem Nacken.

Maggie lachte. Dann sah sie von seinem Onkel zu ihm. „Ihr seht euch gar nicht ähnlich. Ich hätte niemals vermutet, dass ihr verwandt seid."

„Der arme kleine Patrick kommt nach seiner Mom und nicht nach seinem Onkel. Verdammtes Pech im Genpool."

Maggie strahlte, ihre Augen funkelten. Sie nahm Patricks Hand und drückte sie. „Würde ich auch sagen."

„Patricky—"

„Patrick", korrigierte er seinen Onkel. Das war doch mal ein Liebestöter. Patricky war er als Kind genannt worden, und nur noch sein Onkel nannte ihn so. Mal im Ernst, er wollte, dass seine Göttin ihn als einen Sexgott sah. Und *Patricky* war kein Sexgott.

„Tut mir leid", sagte sein Onkel. „Patrick, oder sollte ich dich Mr O'Hare nennen?" Er hob seine Brauen in einem komischen Unschuldsblick mit geweiteten Augen.

„Das könnte ich akzeptieren", erwiderte Patrick mit ernstem Gesicht.

Maggie verkniff sich ein Lächeln, was die beiden nur zu ermuntern schien.

Onkel Todd machte eine großartige Verbeugung. „Ja, natürlich, Mr O'Hare. Mit ihrer Erlaubnis würde ich gerne mit ihrer liebreizenden Dame über die Flyer reden."

Patrick hob eine Hand und machte eine königlich fließende Geste. „Ich gestatte es."

„Ich danke Ihnen", sagte sein Onkel. „Zu gütig. Miss Maggie … Wie lautet Ihr Nachname?"

Patricks Lächeln versiegte. Er konnte sich nicht an ihren Nachnamen erinnern. Soviel zum Thema, es ging einfach zu schnell. *Ich habe die Kondome! Lass uns für den Rest unseres Lebens herumtollen! Wer bist du noch mal?*

„Miss Maggie Murphy", erwiderte Maggie lächelnd. „Wenn du nichts dagegen hast, würde ich gerne Fotos vom Jahrmarkt und den Leuten, die hier arbeiten, machen."

„Das ist für mich in Ordnung", erwiderte sein Onkel. „Mir gefällt die Idee sogar. Ich werde nur schnell alle anderen fragen und mich vergewissern, dass es auch für sie okay ist, wenn Fotos gemacht werden. Manche meiner Angestellten halten sich lieber im Hintergrund, und vielleicht wollen sie, dass es auch so bleibt."

Mit sich im Hintergrund halten meinte sein Onkel, dass sie mit niemandem etwas zu tun hatten, nur mit den Leuten des Jahrmarkts. Sie waren wie Geister, und es gefiel ihnen so.

„Kein Problem", sagte Maggie. „Das verstehe ich vollkommen. Ich werde warten, bis ich von dir etwas höre, bevor ich anfange, Fotos zu machen."

„Das wird nicht nötig sein", sagte sein Onkel. „Ich vertraue Patricks Urteil."

Patrick traf kurz das Schuldbewusstsein. Es war ja nicht so, als würde er sie wirklich gut kennen. Er wollte einfach nur möglichst viel Zeit mit ihr verbringen, bevor ihnen die Zeit davonlief.

„Aber ich fürchte, dass ich kein großes Budget für Werbung habe", sagte sein Onkel. „Also, was hältst du von –"

„Es ist auch kein Honorar erforderlich", unterbrach Maggie ihn.

„Ich muss doch etwas zahlen", sagte sein Onkel.

„Das ist wirklich überhaupt kein Problem", sagte Maggie. „Du kannst mich mit unbegrenzten Fahrten und Essen bezahlen."

„Guter Deal", sagte sein Onkel, und sie besiegelten es mit einem Handschlag.

Maggie drehte sich zu ihm um und grinste. „Patricky schuldet mir eine Fahrt mit dem Riesenrad."

Und einfach so war er schon wieder angetörnt. Es war ihm sogar egal, dass sie ihn mit seinem Kosenamen aus der Kindheit angesprochen hatte, denn er erinnerte sich an die drei Schritte zu einem romantischen Jahrmarkterlebnis – küssen, grapschen, miteinander schlafen – und er war mehr als eifrig, endlich loszulegen.

Er nahm ihre Hand und verflocht seine Finger mit ihren.

„Heute Abend", sagte er ihr. „Wenn ich nach meiner Schicht an der Walzerbahn eine Pause mache."

„Dann weiß ich, welcher Ritt mir bevorsteht", sagte sie mit verschlagenem Grinsen. Vermutlich meinte sie die Walzerbahn, doch sein Körper nahm eine ganz andere Botschaft wahr.

Onkel Todd räusperte sich. „Komm mit, ich stelle dir alle vor. Sie werden sich wegen der Fotos besser entscheiden können, wenn sie dich kennengelernt haben."

„Lass uns gehen", sagte Maggie.

„Wir müssen noch ein paar Buden und Essensstände aufbauen, deswegen rufe ich nur schnell ein kleines Meeting zusammen." Sein Onkel zog ein Walkie-Talkie aus der Gürtelschlaufe seiner Jeans und drückte auf den seitlichen Knopf. „Papa Vogel hier. Neues Ei im Nest. Ausbrüten am Karussell um jetzt Uhr."

Maggie grinste. „Ich war noch nie ein Ei."

Patrick verkniff sich jeden dämlichen sexuellen Eierwitz, der ihm gleich einfiel. *Bist du schon heiß? Ich würd dich gern knacken und aussaugen, all dein ... Besser nicht.*

Sie kamen aus allen Richtungen, manche aus den Wohnwagen ringsherum, manche aus den Küchen der Essensstände, manche aus den Holzbuden, die für die Spiele noch aufgebaut wurden. Er betrachtete jedes vertraute Gesicht, und eine Zuneigung für seine zweite Familie breitete sich in ihm aus. Er sah zu Maggie hinüber, um zu sehen, wie sie reagierte.

„Ich wünschte, ich hätte meine Kamera", murmelte sie.

Er versteifte sich, denn er befürchtete, dass sie nur ihre Merkwürdigkeiten sah, doch dann drehte sie sich zu ihm um und lächelte. „Ich weiß einfach, dass es hier eine Geschichte gibt, die diese Ansammlung von Menschen zusammengebracht hat."

Die gab es. Jeder einzelne hier hatte eine ungewöhnliche Reise hinter sich, die ihn zum Jahrmarkt gebracht hatte, wo sie wohnten und ihre eigene Familie bildeten.

Er entspannte sich, legte einen Arm um sie und küsste

ihre Haare. „Sie werden dich lieben." Er war selbst schon halb so weit.

Oh, Mist. Er durfte sich nicht in Maggie verlieben. Er hatte ihr nichts zu bieten. Was sollte er tun? Sie bitten, zu seiner Mom in den Trailer zu ziehen? Ihn unterwegs zu begleiten, für nen Appel und'n Ei zu arbeiten?

Er nahm seinen Arm herunter, doch er konnte seinen Blick nicht von ihr abwenden, als sie zum ersten Mal seine Schaustellerfamilie betrachtete.

6

Das erste, was Maggie dachte, als sie die Schausteller kennenlernte, war – das ist mein Menschenschlag. Das zweite, was
sie dachte, war, dass sie ihre Geschichte in Bildern festhalten
musste. Und dann wollte sie sich bei Limonade und Strauben
mit ihnen zusammensetzen und ihre Geschichten *hören*. Sie
ging auf einen großen, dünnen Mann mit schütterem, grauem
Haar zu, der ein schlichtes kariertes Hemd, dazu einen
karierten Kilt und alte Badelatschen trug. Seine knöchernen
Knie waren nackt.

„Lass mich raten", sagte sie, „Schotte?"

„Nein." Der Mann drehte sich zu Odd Todd um. „Warum
nur werde ich das immer wieder gefragt?"

Todd zuckte die Schultern, und als der Mann sich zu ihr
zurückwandte, verdrehte Todd hinter seinem Rücken die
Augen.

Sie grinste. „Das hat überhaupt keinen Grund. Ich bin
Maggie, und du bist ..."

Der Mann neigte seinen Kopf. „Sir Kenneth, zu Ihren
Diensten."

„Bloß, weil ich dich mit meinem Schwert berührt habe,
heißt das nicht, dass du ein Ritter bist", schnaubte eine Frau
mittleren Alters mit kurzen knallgelben Haaren, die an
Kenneths anderer Seite aufgetaucht war. „Ich bin Sally, auch

bekannt als der Ritter in glänzender Rüstung, wenn ein Kostüm benötigt wird. Wenn nicht, bin ich für den Strauben zuständig." Sie zeigte ihre Zähne in etwas, das gerade so als Lächeln durchging.

„Ich liebe Strauben!", sagte Maggie. „Und Ritter."

„Dann werden wir gut miteinander klarkommen, kleine Maggie", verkündete Sally. Sie streckte ihre rechte Hand aus, um ihre zu schütteln, und in dem Moment stellte Maggie fest, dass ihr Arm deformiert war. An der Stelle, an der eine Hand hätte sein sollen, standen nur zwei kleine Stümpfe vor. Maggie schüttelte also stattdessen ihre Stümpfe.

Da erst lächelte Sally richtig.

Patrick nahm Maggies Hand und drückte sie, bevor die Vorstellungsrunde weiterging. Inklusive Todd waren sie dreizehn. Sie war überrascht, als sie vier ältere Brüder, die Fellinis, kennenlernte, die bereits in den Achtzigern waren. Vielleicht sogar in den Neunzigern. Sie bewegten sich langsam. Zwei gingen an Rollatoren, die anderen beiden stützten sich schwer auf Gehstöcke. Sie fragte sich, wie sie beim Aufbau und der Durchführung des Jahrmarkts behilflich sein konnten. Sie versuchte sich zu merken, dass sie Patrick später nach ihnen fragen wollte. Dann blieb sie abrupt vor einer älteren Frau in einem altmodischen, lavendelblauen Kleid stehen, dessen Ärmel zwei Drittel lang waren und dessen Rock aus Tüll bestand. Vermutlich aus den 1920ern.

„Mir gefällt dein Vintage-Kleid!", rief Maggie.

„Ha! Ich wusste, das würde irgendwann wieder in Mode kommen. Ich habe nie aufgehört, es zu tragen!" Ihr Gesicht und ihr Hals waren von farblosen Hautstellen überzogen, vielleicht eine alte Verbrennung. Sie brüstete sich und ging wie ein Model einmal auf und ab. „Jetzt werden sie alle meine Sachen haben wollen."

„Niemand will deine verlausten alten Klamotten, Mallory", sagte Sally.

„Sagst du!", blaffte Mallory. Sie drehte sich zu Maggie um. „Du solltest dir mal meinen Kleiderschrank ansehen. Vielleicht möchtest du mir etwas abkaufen?"

„Das fände ich toll!", rief Maggie.

„Hier wird kein Geld den Besitzer wechseln", sagte Odd Todd. Mallorys Gesicht verzog sich enttäuscht. „Ich habe euch alle nur hergerufen, um euch kurz etwas mitzuteilen. Patricks Begleitung hier arbeitet an Flyern für uns."

Maggie sah zu Patrick auf, um zu überprüfen, ob es ihm etwas machte, dass sein Onkel sie seine Begleitung nannte. Er lächelte sie mit solcher Wärme in seinen Augen an, dass sie nicht anders konnte, als dahinzuschmelzen.

Odd Todd fuhr fort. „Sie würde gerne von uns allen Fotos machen und die besten dann für die Flyer auswählen. Wenn irgendjemand von euch nicht möchte, dass Fotos von ihm gemacht werden, könnt ihr mir das später noch sagen."

„Mir macht es nichts!", rief ein volltönender Bariton.

Maggie drehte sich um, und ihr fiel die Kinnlade herunter bei dem Anblick und dem Klang eines – sie blinzelte –, ja, das war er wirklich … akkordeonspielenden Cowboys. Er trug einen typischen Cowboyhut, eine Fransenweste über einem karierten Hemd, Lederchaps über Jeans und Cowboystiefel. Alles war perfekt, aber warum das Akkordeon? Er hatte dunkle Haare, die ihm über die Schultern gingen, seine Haut war gebräunt. Ziemlich verblüffend.

Er blieb direkt vor ihr stehen und schob seinen Hut in den Nacken. „Howdy. Ich bin –", er machte eine dramatische Pause „– der Jazzpolka-Cowboy."

„Oh!", rief sie. „Moment mal, was ist Jazzpolka?"

Er lächelte, und seine weißen Zähne wirkten wie Brillanten gegen seine gebräunte Haut. „Das ist das, was ich spiele, schwerer Jazz mit einem Tröpfchen Polka, dank des Akkordeons."

„Das ist so cool", hauchte sie.

Er drückte das Akkordeon zusammen und öffnete es zustimmend zu einem langen, harmonischen Ton. „Es kommt leider nicht so gut an, wie es das sollte, doch ich hoffe, dass die Leute irgendwann darauf reagieren."

„Hast du's schon mal mit einer Gitarre probiert?", musste sie einfach fragen. „Das könnte zusammen mit dem Cowboy-Outfit etwas beliebter sein."

„Pfft. Ich warte einfach darauf, bis mein Lieblingsstil einschlägt."

„Ich wünschte, das würde er", murmelte Sally.

„Er kann keine Gitarre spielen", warf Odd Todd ein.

„Das kommt noch hinzu", erwiderte der Jazzpolka-Cowboy.

Es juckte ihr in den Fingern, nach ihrer Kamera zu greifen. Das musste unbedingt in den Flyer.

Odd Todd klatschte in die Hände. „Okay, jetzt habt ihr das neue Ei kennengelernt. Zurück an die Arbeit. Um vier fällt der Vorhang für eine Liveshow um fünf!"

Alle eilten zurück an ihre Arbeitsplätze, nur nicht die vier älteren Brüder, die ewig dafür brauchten, um über die Wiese zu kommen und in Richtung eines großen Wohnwagens gingen.

„Und?", fragte Patrick.

In ihrem Kopf drehte sich alles vor lauter Ideen. Das war wie eine Theateraufführung – die Stadteinwohner waren das Publikum und die Schausteller die Schauspieler. Jeder hatte eine Geschichte zu erzählen. Und jede Geschichte verband sich zu etwas Neuem in einem Crescendo aus Farben, Texturen und fröhlichem Chaos.

Sie drehte sich zu ihm um. „Ich hoffe, dass niemand etwas gegen die Fotos hat. Das hier könnte das beste Projekt sein, das ich jemals bearbeitet habe!"

Er wandte den Blick ab, sein Kiefer war verkrampft.

„Was ist los?", fragte sie.

Er sah ihr kurz in die Augen, seine Augen glänzten verdächtig. Er rieb sich ein Auge mit der Faust. „Mir geht es gut. Mir ist nur etwas ins Auge gekommen." Er küsste ihre Wange. „Ich seh dich dann heute Abend."

Sie sah ihm hinterher, wie er zu seinem Onkel ging, um ihm bei der Mechanik eines Fahrgeschäfts zu helfen, während sie sich fragte, was um alles in der Welt ihm die Tränen in die Augen getrieben hatte.

Patrick arbeitete an jenem Abend an der Walzerbahn, ein vertrautes Gefühl der Begeisterung kam über ihn, wenn er den Anblick und die Klänge des Eröffnungsabends beim Jahrmarkt erlebte. Vermutlich war es ganz hilfreich, dass sein Onkel alle ein paar Tage vor der „Show" mit „Probedurchläufen" hochpuschte. Sein Job war ganz einfach – er musste die Fahrkarten entgegennehmen, sicherstellen, dass die Kinder groß genug waren, um mitzufahren, und dann die Knöpfe drücken, um die Bahn langsam in Fahrt zu bringen, und dann die Fahrt stoppen. Er hatte zwischen verschiedenen Fahrgeschäften rotiert, doch er freute sich hauptsächlich auf seine Pause, wenn er mit Maggie Riesenrad fahren konnte.

Sie war umwerfend.

Und sie hatte sein Herz gefangen.

Als er gesehen hatte, wie vollkommen sie die Menschen akzeptierte, die er als seine zweite Familie liebte, was nicht jedem gefiel, hatte ihm das die Kehle zugeschnürt. Er hatte eine nervtötende Träne verbergen müssen, die ihm im Auge brannte.

Er spürte es, als sie sich für die Fahrt anstellte, und sah ihr dort, wo sie hinter einer Gruppe von Mädchen im Teenageralter stand, in die Augen. Sie wackelte mit den Fingern und schenkte ihm ein strahlendes Lächeln. Sein Herzschlag beschleunigte sich. Nur ihr Anblick konnte das mit ihm anstellen.

„Hey", rief er. „Gib mir zehn Minuten, dann mache ich Pause."

„Ich möchte sowieso erst einmal damit fahren."

Er nickte einmal und drehte sich dann zu dem Karussell zurück. Als die Fahrt zu Ende war, wartete er darauf, dass die Fahrgäste ausstiegen, dann öffnete er das Türchen und sah sich die neue Gruppe von Fahrgästen an, die hindurchging, zählte Köpfe und vergewisserte sich, dass alle groß genug waren.

„Dein Onkel hat mir grünes Licht für die Fotos gegeben", sagte sie, als sie an ihm vorbeiging.

„Das ist toll!", rief er.

Ein paar Minuten später, nachdem er überprüft hatte, dass

alle Sicherheitsbügel eingerastet waren, startete er die Fahrt. Er erwischte sich dabei, dass er jedes Mal hinsah, wenn Maggie vorbeiraste. Sie trug ihre langen Haare offen, und sie wirbelten wie verrückt im Fahrtwind, flogen in alle Richtungen. Sie sah aus, als hätte sie einen Riesenspaß, zumindest am Anfang. Zur Halbzeit sah sie besorgt aus, als wäre ihr ein wenig übel. Als sie ausstieg, war sie ganz grün im Gesicht.

Er schloss das Fahrgeschäft, den Eingang und lief zum Ausgang, um nach ihr zu sehen. „Ist dir schlecht?"

„Nur ein wenig schwindelig", sagte sie, dann rollten ihre Augen nach hinten, und sie brach zu seinen Füßen zusammen.

Oh, Mist. Er zog sein Walkie-Talkie hervor und rief seinen Onkel, bevor er sich neben ihr niederkniete. Er schob ihr die Haare aus dem Gesicht. „Maggie, wach auf. Komm schon, Göttin."

Flatternd öffnete sie die Augen und ächzte, dann drehte sie sich auf die Seite zu ihm. Ihre Haare, die von der Fahrt ganz zerzaust waren, fielen ihr ins Gesicht. Er nahm ihre Haarmähne beisammen und schob sie ihr aus dem Gesicht. „Geht es dir gut?"

Sie ächzte. „Dein Onkel hat mich zu gut bezahlt."

„Was?"

„Zu viel Strauben und Corndogs", brachte sie hervor, dann übergab sie sich. Er zuckte gerade rechtzeitig zurück, hielt immer noch ihr Haar.

Aww, Mann. Das war nicht gerade seine Stärke, dabei zu sein, wenn sich jemand übergab.

Sie wischte sich den Mund mit dem Handrücken ab. „Entschuldigung."

„Ist schon in Ordnung."

Er versuchte, nicht hinzusehen. Vielleicht sollte er sich wieder an die Arbeit machen. Dennoch hielt ihn etwas an ihrer Seite, und er hielt weiter ihre Haare zurück, für den Fall, dass –

Wieder übergab sie sich.

„Ich glaube, heute Abend solltest du nicht mit dem Riesenrad fahren", sagte er, als sie fertig war. Als es so aussah, als würde sie sich nun nicht mehr übergeben, ließ er ihre Haare los und schob sie ihr über die Schultern.

Sie setzte sich auf und runzelte die Stirn. „Vermutlich hast du recht. Ich sollte nach Hause gehen." Sie schniefte. Oh-oh. Das war ebenfalls nicht gerade seine Stärke, Frauentränen. „Ich hatte mich so auf das hier gefreut. Wir haben bloß sieben Abende, um romantisch zu sein."

Auch Romantik war nicht seine Stärke, doch er hatte das Gefühl, dass sie eher Orgasmusromantik meinte und nicht die Romantik mit großen Gesten, und das konnte er definitiv. Sein Onkel kam, sah zu Maggie hinab und wandte sich dann mit einer unausgesprochenen Frage an ihn.

„Ihr ist schlecht, weil sie zu viel Jahrmarktessen im Bauch hatte", erklärte Patrick.

Sein Onkel nickte. „Ich übernehme das Fahrgeschäft. Geh nur, bring sie nach Hause."

„Danke", sagte Patrick. Er zog Maggie hoch, und sie wankte etwas auf den Füßen. Ihre Unterlippe zitterte. Was er als Nächstes tat, kam ganz instinktiv – er hob sie hoch und trug sie auf seinen Armen zurück zu seinem Wohnwagen. Sie sollte sich ein wenig ausruhen, bevor sie im Truck fuhr. Sie zitterte in seinen Armen, lehnte ihren Kopf gegen seine Brust und stieß ein zitterndes Seufzen aus. Das war verrückt. Er sollte vollkommen abgetörnt sein von dem, was er gerade gesehen hatte, doch er wollte nichts anderes tun, als ihre Haare zu halten, bis sie sich fertig übergeben hatte, und dann ihren zitternden Körper halten, bis er sich in einen friedlichen Schlaf beruhigte.

Als er am Wohnwagen ankam, stellte er sie wieder auf die Beine und legte einen Arm um ihre Taille, während er die Tür öffnete. Er führte sie hinein und fragte sich, was er jetzt tun sollte. Das Sofa war sein Bett. Es ließ sich ausziehen, doch das konnte er nicht, ohne sie loszulassen.

„Meinst du, du musst dich noch mal übergeben?", fragte er.

„Ich glaube nicht. Ich muss mich nur etwas ausruhen, dann kann ich nach Hause gehen. Ist nicht so weit."

„Bist du dir sicher?", fragte er, doch sie setzte sich bereits auf Sofa und rollte sich auf ihre Seite. Er beeilte sich, einen Papierkorb herbeizuholen und ihn in ihre Nähe zu stellen. Dann holte er eine Decke oben aus dem kleinen Schrank und deckte sie damit zu. Es war nicht genug Platz für sie beide. Am Ende würde er sie nur aus dem Bett schubsen, wenn er versuchte, sich dazuzuquetschen.

Er setzte sich neben sie auf den Boden und hielt ihre Hand. Einen Moment später war sie eingeschlafen. Er lauschte auf ihren Atem, während er im Stillen ausflippte. Denn, wenn es ihn schon nicht abgetörnt hatte, wenn sie sich übergab, gab es nicht viel anderes, was sie tun konnte, um ihn loszuwerden. Doch sie hatten bloß diese eine Woche, und er hatte ihr absolut nichts zu bieten.

Hätte er sie bloß kennengelernt, als er ganz oben gewesen war und noch die Chance auf eine strahlende Zukunft gehabt hatte, und nicht jetzt, wenn er nichts mehr hatte. Doch er konnte die Gelegenheit, mit ihr zusammen zu sein, einfach nicht ablehnen, selbst, wenn es nur für eine Woche war. Sie war das Beste, was ihm passiert war, seit er den Football hinter sich gelassen hatte.

Er schüttelte den Kopf, weil er sich über all das wundern musste. Er hätte ganz ehrlich niemals gedacht, dass er sich ohne einen Football in den Händen so gut fühlen könnte.

7

Maggie erwachte am nächsten Morgen in ihrem eigenen Bett und fühlte sich so viel besser. Das ganze Essen beim Jahrmarkt hatte sie ein wenig durcheinandergebracht. Nicht nur Strauben, sondern auch Fritten, Limonade, Popcorn und viel zu viele Corndogs. Doch es ging einfach nicht anders. Der Typ, der am Corndogstand arbeitete, Quinn, sang, wenn er Bestellungen entgegennahm *und* wenn er das Wechselgeld zählte. Tatsächlich sprach er nicht einmal. Seine Stimme war tief und melodisch, und sie liebte sie. Er war Anfang dreißig und sah erstaunlich gut aus – dunkle Haare, blaue Augen, groß und sehnig und muskulös – dadurch war er unglaublich fotogen. Sie hing dort herum, stellte sich wieder und wieder an, nur um ihm zuzuhören und Fotos zu machen. In einer kleinen Pause sang Quinn ihr seine Geschichte vor. Weil er furchtbar gestottert hatte, hatte er jahrelang überhaupt nicht gesprochen. Erst Odd Todd hatte den Grund dafür herausgefunden und ihn dazu gebracht, auf ihren langen Fahrten zu singen. Er hatte nämlich festgestellt, dass er nicht stotterte, wenn er sang. Es war alles so wundervoll. Sie hatte nicht gewusst, dass das Singen so etwas bewirken konnte.

Sie duschte und putzte sich die Zähne, erinnerte sich daran, wie süß Patrick gewesen war, dass er sie mit der größten und kitschigsten, romantischsten Geste, die sie je erlebt hatte, zu seinem Wohnwagen getragen hatte. Natürlich war es ihr furchtbar unangenehm, dass ihr an dem Abend bei Patrick alles hochgekommen war, an dem sie sich eigentlich oben im Riesenrad hatten küssen sollen, doch er hatte es ganz cool weggesteckt. Nach einem kleinen Nickerchen in seinem Wohnwagen hatte sie sich bei ihm bedankt und war nach Hause gegangen.

Heute war ein neuer, großartiger Sommertag, und sie konnte es nicht abwarten, an ihrem neuen Projekt zu arbeiten. Sie sah es mehr als eine schöne Fotografie-Collage als einen Flyer, und sie wusste, sie würde viel zu viel Material haben, weil ihre Ideen nur so flogen, doch das war ihr egal. Noch nie war sie von einem Projekt so angetan gewesen. Die Mannschaft musste am Morgen aufräumen, und auch das wollte sie festhalten. Mittags würde alles wieder öffnen. Patrick rotierte heute zu einigen Wurfbuden –Eimerwerfen, Dosenwerfen, Dartballons und Basketball.

Als sie auf dem Jahrmarkt ankam, konnte sie Patrick nicht entdecken. Sie entschied sich, unauffällig zu bleiben und Fotos zu machen, ohne mit jemandem zu interagieren, um das natürliche Verhalten der Mannschaft festzuhalten. Die Fellini Brüder mit ihren Gehhilfen benutzten spezielle Stöcke mit langem Griff, um Müll aufzuheben und warfen ihn in Müllbeutel, die sie vorne an die Rollatoren ihrer beiden Brüder gehängt hatten. Das Aufräumen war ein langsamer Tanz im Tandem, doch auf seine Art wunderschön. Einer von ihnen erwischte sie dabei, wie sie ein Foto machte, und zwinkerte. Sie wackelte mit ihren Fingern in seine Richtung, blieb aber auf Distanz, damit sie weiterarbeiteten. Sie hatte sogar ihr am wenigsten auffälliges, schlichtes, hellblaues Hemdblusenkleid angezogen, damit sie mit dem Hintergrund verschmolz.

„Was denkst du da eigentlich zu tun?", verlangte eine weibliche Stimme voller Autorität zu erfahren.

Sie wirbelte herum und stand Alice Taylor, einer von Tante Carolyns Freundinnen, gegenüber, die definitiv nicht die typische Sommerkleidung von Fieldridge trug. Alice' Seidenbluse, der Bleistiftrock, die Pumps und die Lederhandtasche schrien Wohlstand. Obwohl es noch früh am Morgen war, sah Alice hellwach aus. Die Intelligenz starrte sie aus eisblauen Augen an, ihr blondes Haar war lang und erstklassig gestylt, ihre Haut makellos und perfekt geschminkt. All das kombiniert mit der autoritären Stimme war schon ein wenig einschüchternd. Okay, sehr. Maggie versagte zunächst die Stimme.

„Ich sagte, was tust du da?", hakte Alice nach. „Warum machst du Bilder von Müll und einem unordentlichen Jahrmarkt? Bist du bei der Presse?"

Endlich fand Maggie ihre Stimme wieder. „Überhaupt nicht! Ich bin Maggie Murphy, Carolyn Davies Nichte."

Alice musterte sie einen Moment lang. „Ach, richtig. Ich habe dich mit Handsy bei der Flussparty gesehen."

Maggie nickte. „Die Jahrmarkttruppe hat mich engagiert, um Fotos für ihren Flyer zu machen. Ich habe die Fotos für das Highschool-Jahrbuch gemacht." Obwohl man nicht wirklich von *engagiert* sprechen konnte, da sie nur mit Corndogs bezahlt wurde. Es war wohl mehr wie eine Freiwilligenarbeit. Doch das behielt sie für sich.

Alice starrte auf Maggies Kamera. „Da kommen also Fotos von Müll in ihren Flyer?"

Maggie schüttelte den Kopf. „Nein, nicht Müll. Ich mache Fotos von den Leuten, die hinter den Kulissen arbeiten, damit die Jahrmarkttruppe ein wenig persönlicher rüberkommt."

„Ich würde die Fotos gerne sehen."

„Ich zeige sie Ihnen gern. Die Männer, die hier aufräumen, sind Brüder, ich habe auch Quinn fotografiert, den singenden Typen am Corndogstand, wie er gerade einem kleinen Mädchen etwas vorsingt, das ganz breit lächelt und die Hand seines Dads hält. Wirklich besondere Momente."

„Das ist eine menschliche Verbindung", sagte Alice. „Das ist es, was du festgehalten hast. Ich arbeite für den Bürgermeister. Komm heute am späten Nachmittag um fünf zum Diner. Wir können beim Abendessen darüber sprechen, ob du vielleicht Bilder für die Stadt machen kannst." Alice machte auf dem Absatz kehrt und ging weiter über die Wiese, dabei musterten ihre eifrigen Augen den Jahrmarkt.

Maggie stieß ihren Atem aus und machte sich wieder an die Arbeit. Die Fahrgeschäfte und Stände des Jahrmarkts ohne die Besucher wirkten fast so unheimlich wie eine Geisterstadt. All die grell bunten Lichter waren jetzt dunkel, die Fahrgeschäfte standen still und waren ruhig, die Preise bei den Buden waren mit Laken abgedeckt. Das würde in einem Flyer nicht funktionieren, aber sie stellte fest, dass sie es dennoch fotografierte. Es sprach ihre theatralische Seele an – All das ungenutzte Potenzial an Fahrten und Spielen und Essen, das nur darauf wartete, brüllend zum Leben zu erwachen mit den Leuten, die sich schon bald dabei amüsieren würden. Sie liebte Kontraste wie diesen.

„Hey, Göttin", rief eine vertraute Stimme.

Sie drehte sich um, und ihr Herz zog sich zusammen, als sie Patrick sah, der direkt auf sie zukam mit einem Lächeln, das sein ganzes Gesicht erhellte. Er war die Definition männlicher Schönheit von seinen zerzausten karamellbraunen Haaren hin zu seinem kantigen Kiefer, über seine breiten, muskulösen Schultern und den Bizeps, der ein weißes T-Shirt spannte. Doch es war mehr als das. Er hatte ihr Haar zurückgehalten, als sie sich hatte übergeben müssen. Er hatte sie auf seinen Armen getragen. Er machte sich Sorgen darum, er könnte ihre Gefühle verletzen. Ihm lag etwas an ihr.

Und ihr an ihm. Sogar sehr viel.

Sie steckte die Kamera in ihre Handtasche, stellte diese ab und rannte zu ihm, dann schlang sie ihre Arme in einer großen Umarmung um ihn.

Er lachte und drückte sie. „Wie ich sehe, geht es dir besser."

Sie gab ihm einen schmatzenden Kuss auf den Mund. „Danke für gestern Abend. Ich weiß, dass das nicht gerade lustig war."

„Kein Problem." Er schmiegte sich an ihren Hals und flüsterte dann in ihr Ohr: „Bist du heute Abend bereit für eine Fahrt im Riesenrad?"

„Ja! Ich kann es nicht abwarten."

Er löste sich von ihr und sah ihr mit einem warmen Blick in die Augen. „Keine Karussellfahrten mehr."

Sie lachte. „Ich habe dir doch gesagt, dass das vom Jahrmarktessen kam. Von jetzt an gibt es nur noch Salate."

Einen Moment lang hielt er sie ganz fest. „Ich wünschte, ich könnte dich den ganzen Tag halten, aber mein Onkel möchte, dass ich sämtliche Fahrgeschäfte überprüfe."

„Okay. Ich muss ja auch arbeiten. Du wirst feststellen, dass ich hier herumschleiche und Fotos mache, wenn keiner hinguckt. Ich versuche, authentische Momente festzuhalten."

Er stellte sie auf ihre Füße und küsste sie auf diese köstliche Art, bei der ihr immer schwindlig wurde und sie den Rest der Welt vergaß. Sie stellte sich auf Zehenspitzen, legte ihre Arme um seinen Hals und drückte ihren Körper an seinen.

Er unterbrach den Kuss und schmunzelte. „Du bist wirklich unwiderstehlich."

„Du auch! Ich bin süchtig nach deinen Küssen."

Er stöhnte. „Sag mir nicht solche Sachen." Er tippte ihr auf die Nasenspitze. „Warte bis heute Abend, dann kann ich in der Richtung etwas unternehmen."

„Nach dem Riesenrad geht's ins Spukhaus."

„Ich hab aber nur fünfzehn Minuten Pause."

Sie sah zur anderen Straßenseite hinüber auf das Keller-Haus, das jetzt mit falschen Spinnweben über der Veranda dekoriert war. Noch war niemand da. „Dann treffen wir uns gleich da drüben im Spukhaus –" Sie deutete darauf „– sobald du alle Fahrgeschäfte abgesegnet hast."

„Hast du den Schlüssel?"

Sie lachte. „Wir sind hier in Fieldridge. Entweder ist nicht abgeschlossen, oder der Schlüssel liegt unter einem getöpferten Tier."

Er schenkte ihr ein langsames, sexy Lächeln. „Gib mir eine Stunde."

Sie zwinkerte. „Ich gebe dir sogar zwei, wenn es sich lohnt, dass ich auf dich warte." Sie drehte sich um und ging einen Schritt zu ihrer Tasche, dann kreischte sie. Er hatte ihr einen Klaps auf den Hintern gegeben.

„Du solltest niemals daran zweifeln, dass es sich lohnt, auf mich zu warten", sagte er mit leiser, rauer Stimme, die kribbelnde Lust durch sie hindurchjagte. Dann drehte er sich um und schlenderte zurück zur Arbeit.

Wie konnte sie nur solch ein Glück haben? Sie schüttelte lächelnd den Kopf und ging zu ihrer Handtasche. Sie holte ihre Kamera heraus und richtete das Objektiv auf Patrick, der am Kinderkarussell nach dem Kreis aus Motorrädern sah. Ihre Kehle verengte sich, und sie nahm die Kamera herunter. Sie hatte wirklich Glück. Beide standen an einer Kreuzung und trafen sich hier nur für eine Woche. Und wie stand es mit der Wahrscheinlichkeit, dass sie sich jemals wiedersehen würden?

Sie hob die Kamera wieder an ihr Auge und hielt Patrick in seinem Element fest, sein weißes T-Shirt spannte sich bei der Arbeit über seinem breiten Rücken. Seine Bewegungen waren anmutig und maskulin. Wenigstens würde sie das haben, diese Bilder gehörten ihr, wenn er weitergezogen war.

Sie schüttelte ihre melancholischen Gedanken beiseite, als sie sah, wie Sally und Mallory sich stritten und doch in der Gesellschaft der anderen aufzuleben schienen, während sie zum größten Essensstand gingen. Sie wartete, dass sie an ihr vorbeikamen und folgte ihnen dann, hielt den Kontrast von Kleidung und Größe der beiden Frauen fest, wie sie in der schnell hingefeuerten Unterhaltung ihre Köpfe immer wieder einander zuwandten. Sie unterhielten sich mit ihren schnippischen Kommentaren. Und als sie erst einmal in der Küche am Stand waren, arbeiteten sie in friedlicher Harmonie und sangen ein scheinbar unendliches Repertoire an Johnny Cash Liedern.

Sie liebte es. Nachdem sie genug Bilder von dem glücklichen Paar geschossen hatte, flatterte sie in einem schwebenden Zustand über den Jahrmarkt, und die perfekten Situationen und Winkel kamen ihr einfach so. Sie hörte nicht einmal, wie Patrick sich näherte, bis er direkt vor ihr stand und sein grinsendes Gesicht ihren Sucher füllte. Sie machte das Foto und nahm die Kamera herunter. „War das schon eine Stunde?"

Er hob einen Mundwinkel. „Genau genommen sogar

zwei. Ich musste ein wenig beim Breakdancer bleiben. Jedenfalls ist das jetzt repariert, und jetzt gehöre ich ganz dir."

Sie steckte die Kamera in ihre Tasche und nahm seine Hand. „Das hör ich gern."

Sie rannten geradezu zum Spukhaus, beide eifrig, mehr von dem zu bekommen, was sie vorhin angefangen hatten. Sie führte ihn nach hinten zur Hintertür und versuchte es am Knauf. Nicht abgeschlossen. Sie tauschten ein Grinsen aus. Sie trat ein und ging einmal kurz durchs ganze Erdgeschoss, um sicherzustellen, dass sie allein waren.

„So unheimlich ist es gar nicht", sagte Patrick, als sie zurück ins eingerichtete Wohnzimmer kamen.

Sie sah sich um und versuchte, es so zu sehen wie er. Als Kind hatte es ihr Angst gemacht, und sie hatte immer noch ein mulmiges Gefühl. Nicht, weil der Sarg, die Spinnweben und Skelette so gruselig gewesen wären. Es war nur, dass es für gewöhnlich dunkel war und rote Lichter leuchteten, und oft irgendjemand in ganz unerwarteten Momenten herausgesprungen kam. „Sieh mal nach, was da unter dieser Servierglocke ist", sagte sie und deutete auf den Tisch, auf dem ein weißes Tischtuch lag. Unter der Glocke lag immer ein falscher blutiger Kopf, damit es aussah, als gäbe es den Kopf eines Geköpften zum Abendessen.

Sie wartete, bis er anfing, die Glocke anzuheben, dann sprang sie mit einem unheimlichen „Buuuh!" auf ihn zu. Sie hätte ja gekreischt, um ihn so richtig gut zu erschrecken, doch sie wollte nicht, dass irgendjemand in der Nähe mitbekam, dass sie hier drin waren.

Er drehte sich um und hob eine Braue. „Und das hältst du für gruselig?"

„Nachts ist es schon ziemlich unheimlich."

„M-hmm." Er stellte die Glocke zurück an ihren Platz und packte sie an der Taille. Dann beugte er sich hinunter und sein Mund strich an ihr Ohr, als er sprach: „Wo soll ich dich begrapschen?"

„Überall", hauchte sie.

Er umarmte sie, und sie spürte, wie sein Lachen in seiner

Brust vibrierte. „Ich meinte, wo im Haus? Ich möchte nicht gestört werden."

„Oh! Sie kam sich ein wenig dumm vor. „Lass uns nach oben gehen. Wenn dann jemand etwas zu früh hereinkommt, werden wir wenigstens nicht bei unsäglichen Dingen erwischt."

Er stöhnte.

Sie führte ihn nach oben in ein Zimmer, das so eingerichtet war, wie ein historisches Haus es sein sollte – es gab ein Bett mit handgenähter Patchworkdecke, eine alte Kommode und eine Ansammlung antik aussehender Dinge, die hier und da herumstanden.

„Wir könnten das Bett verunstalten", sagte er. „Sieht aus, als wäre es so alt wie das Haus."

Sie schloss die Tür und versuchte auch abzuschließen, doch der alte Schlüssel drehte sich einfach immer weiter. Na schön. Vermutlich würde ohnehin niemand hereinkommen. Er schob sich die Schuhe von den Füßen.

Auch sie zog ihre Flip-Flops aus. „Komm her", sagte sie und lehnte sich gegen die Tür.

Er überwand die Distanz zwischen ihnen. „Ich bin so froh, dass du hier bist", sagte er, bevor seine Lippen auf ihre trafen. Sein Kuss war anders, so vorsichtig, so zärtlich, dass sie spürte, wie Tränen in ihre Augen stachen. Diese Art Kuss war gefährlich, denn sie führte zu Gefühlen, die tief einschneiden würden, wenn sie getrennter Wege gingen. Sie musste alles schnell in eine andere Richtung lenken. Deshalb umfasste sie ihn durch seine Shorts, und er sog einen kräftigen Atemzug ein.

Dann starrte er sie einen langen Moment an. „Zieh dein Kleid aus."

Sie zögerte nicht. Schnell öffnete sie den Gürtel und zog es sich über den Kopf. Dann öffnete sie ihren BH, warf ihn zu Boden und zog ihr Höschen aus. Sie wollte alles mit Patrick. Niemals wieder würde sie solch eine Gelegenheit auf Leidenschaft haben. Sie stand einfach nur nackt da, während er sie betrachtete, und sein Blick erhitzte alle Stellen, die er ansah.

„Schöne Göttin", murmelte er, dann zog er seine eigene

Kleidung aus. Er holte ein Kondom aus seinem Portemonnaie und rollte es sich über. Dann zog er sie auf den Boden. Sie schlang ihre Arme und Beine um ihn, und sein Mund eroberte ihren – heiß, drängend, fordernd.

Er küsste sie atemlos und legte dann eine Hand in ihr Haar, zog ihren Kopf zurück, entblößte ihren Hals für seinen heißen Mund. Er knabberte und kostete und saugte, und sie war in einem Lustnebel verloren. Er senkte seinen Kopf, blieb bei ihren empfindlichen Brüsten, und sein Mund saugte an einer, während seine Finger ihren anderen Nippel rollten und daran zogen. Sie pochte, sehnte sich nach ihm.

Und dann rutschte er tiefer und leckte ihren Bauchnabel. Sie stöhnte, war sich gerade noch bewusst, dass seine Hände an ihren Hintern glitten, ihn umfassten und vorsichtig zudrückten. Sein Mund wanderte tiefer. „Patrick", brachte sie hervor, ehe sein Mund sich auf ihr Geschlecht legte und kräftig saugte. Sie schrie auf, war überrascht von dieser Intimität. Er machte vorsichtiger, küsste sie dort mit Lippen und Zunge. Sie war verloren, ihre ganze Welt auf diesen Mund konzentriert, der sie höher und höher trieb.

„So gut", schnurrte er. „Du schmeckst so gut." Dann senkte er wieder seinen Kopf.

Sie packte seine Haare, und er erhöhte den Druck. Kleine Lustschreie drangen aus ihr, als ihr Inneres sich verkrampfte und zusammenzog. Nahe, sie war so nah dran. Sie keuchte, war kurz vor ihrer Erlösung.

„Göttin." Er saugte kräftig, und sie brach, drückte sich hilflos gegen seinen Mund, Lust, wie sie sie noch nie empfunden hatte, durchstrahlte sie bis in ihre Zehen.

Er erhob sich über ihr und küsste sie zärtlich. „So gut", murmelte er, dann spreizte er ihre Beine. „Leg deine Beine um mich. Das wird ein wilder Ritt."

Sie riss die Augen auf und tat, worum er sie gebeten hatte, legte ihre Beine ganz eng um ihn. Langsam drang er in sie ein, und führte es dann mit einem schnellen Stoß zu Ende, der sie nach Luft schnappen ließ. Es war ihr erstes Mal, und es tat weh. „Patrick", brachte sie hervor.

Er hielt inne. „Geht es dir gut?"

„Gib mir eine Minute."

Seine Finger verkrampften sich an ihrer Hüfte. „Ich muss mich bewegen. Ich werde langsam machen."

Das tat er, zog ihn langsam fast ganz heraus und dann, mit einem langsamen, tiefen Streicheln wieder hinein. Sein Mund beanspruchte ihren für sich, und sie entspannte sich und nahm ihn beim nächsten Gleiten noch tiefer auf. Langsam zog er ihn wieder heraus, und ihr Körper versuchte, ihn festzuhalten, ihre inneren Muskeln verkrampften sich um ihn.

„Mehr", sagte sie, und er stieß wieder hinein, brachte eine Woge intensiver Lust mit, und dann konnte sie nichts anderes tun als keuchen und sich für den Ritt festhalten, während er wieder und wieder zustieß. Das einzige Geräusch waren ihre aufeinander klatschende Haut und ihr kräftiges Keuchen. Sie grub ihre Nägel in seine Schultern, was ihn nur anfeuerte, schneller, fester.

„Bitte", sagte sie. Mehr konnte sie nicht herausbringen, doch er verstand, machte langsamer, damit er eine Hand zwischen sie bringen und ihren süßen Punkt streicheln konnte. Sein ganzer Körper zitterte, er war überwältigt und verloren in der Lust.

Dann nahm er seine Hand herunter, packte ihren Hintern und stieß tiefer in sie hinein. „Jetzt", sagte er grob und stieß wieder zu. Auf seinen Befehl hin brach sie gewaltig zusammen, erbebte um ihn, und er folgte ihr mit einem gutturalen Stöhnen, das an ihrem Hals vibrierte.

So hielt er sie noch, sein Mund an ihren Hals gedrückt. Sie bemühte sich, zu Atem zu kommen, ihr Herz pochte immer noch. Das war verdammte Magie.

Er zog ihn heraus und setzte sich auf seine Knie. Sie streckte ihre zitternden Beine aus. Wow!

„Ja, wow", sagte er.

Hatte sie das laut gesagt?

Er warf ihr ein Lächeln zu, umfasste ihre Wange und küsste sie zärtlich. „Umwerfend."

Sie stieß ein glückliches Seufzen aus. „Das müssen wir unbedingt öfter tun."

„Einverstanden. Aber vermutlich sollten wir hier verschwinden, bevor sie das Haus öffnen."

„Ja." Sie streichelte mit einer Hand über seine schöne, muskulöse Brust, und er packte ihre Hand.

„Du spielst nicht fair."

„Jetzt sofort?", fragte sie hoffnungsvoll.

„Mit dir bräuchte ich nicht viel dazu." Er nahm ihre Hände und zog sie hoch. „Zieh dich an."

Stattdessen betrachtete sie ihn, seine goldene Haut und die harte maskuline Perfektion. Er entsorgte das Kondom, ließ es mit der Folie auf dem Boden liegen. „Erinnere mich daran, das mitzunehmen", sagte er.

Dieser Hintern, Perfektion.

„M-hmm." Sie sah zu, wie er seine Unterhose und Shorts wieder anzog. Sie wollte wirklich, wirklich seine schöne Brust noch einmal berühren. Und sie noch einmal lecken.

„Maggie", warnte er sie, „wenn du nicht aufhörst, mich so anzusehen, werde ich dich direkt dort am Fenster nehmen, sodass jeder es sehen kann."

Sie erbebte und nickte dann.

Er stöhnte und warf ihr ihren BH und ihr Höschen zu. „Zieh dich bitte an. Du bringst mich noch um."

Ein Lachen blubberte hervor. Sie stand auf, zog ihren BH und ihr Höschen wieder an und dann konnte sie einfach nicht mehr anders – sie führte ihren Glückstanz auf. Ein ganzer Chor stampfender Füße und dann Arme in der Luft, als sie dreimal vor Freude hüpfte.

Patrick erstarrte, seine Hände hielten sein T-Shirt gepackt. „Was war das?"

Sie strahlte. „Mein Glückstanz. Du hast mich glücklich gemacht."

„Aww, Maggie." Wieder küsste er sie und streichelte ihre Wange. „Du hast mich auch glücklich gemacht."

Erneut sahen sie einander in die Augen, doch dieses Mal war es nicht die Hitze, die zwischen ihnen strahlte, es war pure Liebe. Eine fast greifbare Sache in der Luft schlug zwischen ihnen Funken. Ihr Herzschlag beschleunigte sich, und sie war verloren in seinen haselnussbraunen Augen.

Kam dieses ganze Gefühl von ihm? Oder war es ihr Glühen, das sich zu etwas Größerem aufbaute?

Sie hatte plötzlich einen Kloß in der Kehle vor all den unerwarteten Gefühlen. „Patrick?" Hatte er das auch gespürt? Diese merkwürdige und plötzliche Wendung von Lust zu … Liebe?

Sein Mund formte eine ernste Linie. „Wir lassen uns etwas einfallen."

8

———

Sie war verunsichert von dem überraschenden Gefühl von Sex, der ihr den Verstand geraubt hatte. Erstens, sie, das brave Mädchen Maggie Murphy, hatte Sex gehabt! Und sie wurde das Gefühl nicht los, dass sie irgendwie in die Liebe hineingestolpert war. Und was hatte Patrick damit gemeint, als er gesagt hatte: „Wir lassen uns etwas einfallen"? Wollte er sich etwas einfallen lassen, wie sie auch über diese Woche hinaus zusammen sein konnten? Für wie lange? Wo? Er würde mit seiner Schaustellerfamilie weiterziehen, bis der nächste Abschnitt seines Lebens begann, und sie … was? Sie würde zur Sekretärinnenschule gehen.

Oder in der Hoffnung auf den großen Durchbruch nach New York City ziehen, der vielleicht niemals kam. Sie verkrampfte sich, als sie nur daran dachte. Das Risiko erschien ihr zu groß.

Sie betrat das Diner, um sich mit Alice, der Assistentin des Bürgermeisters, zum Abendessen zu treffen, und das fröhliche Geplauder der Gäste beruhigte ihre angespannten Nerven.

Alice hob eine Hand und lotste Maggie zu ihrem Tisch. Maggie atmete einmal tief ein, bevor sie sich ihm näherte. Als sie näherkam, entspannte sie sich, denn Alice saß mit Tante

Carolyn und einigen ihrer Freundinnen zusammen, die Maggie ebenfalls kannte.

Tante Carolyn rutschte herum und zog einen Stuhl zwischen sich und Alice. „Setz dich."

Maggie lächelte. „Danke."

„Ich habe Alice gerade alles von dir erzählt", sagte Tante Carolyn. „Darüber, wie du im Theaterclub der Highschool aufgetreten bist und wie kreativ du bist –"

„Danke", unterbrach sie Maggie. Es war irgendwie peinlich, wenn eine Verwandte einen vor jemandem lobte, der so wichtig war wie die Assistentin des Bürgermeisters.

„Also, Maggie, ich habe Neuigkeiten für dich", sagte Alice. „Ich habe mich gefragt, ob du vielleicht Lust hast, Fotos für einige Tourismusbroschüren über Fieldridge zu machen."

„Das fände ich toll!", rief Maggie.

„Hab ich's dir doch gesagt", sagte Tante Carolyn.

„Wir würden natürlich auch dafür zahlen", sagte Alice. „Was nimmst du für ein Honorar?"

Ihr Honorar? Sie hatte keine Ahnung, was sie sagen sollte.

Maggie biss sich auf die Lippe. „Kann ich darauf noch mal zurückkommen?" Sie musste sich erst umhören, wie viel Fotografen so verlangten. Vielleicht wäre das ein guter Nebenjob für die Zeit, in der sie zu Vorsprechen ging.

„Natürlich", sagte Alice. „Aber ich möchte, dass du während des Jahrmarkts schon Fotos machst. Nichts hinter den Kulissen. Ich meine Leute, die Spaß haben. Die sich miteinander verbinden, du weißt schon."

„Wie im Kussstand", warf Tante Carolyn mit teuflischem Lächeln und einem Zwinkern für Maggie ein.

„Cool", sagte Maggie. Sie konnte nicht mehr rot werden, wenn es ums Küssen ging, nach dem, was sie mit Patrick getan hatte. Sie fühlte sich nicht ruiniert. Weit gefehlt. Und es hatte sich auch nicht schlecht oder verdorben angefühlt. Es fühlte sich einfach natürlich an. Richtig.

Sie gaben ihre Bestellungen auf, und bald schon aßen sie und plauderten. Die Freundinnen ihrer Tante waren aufgeregt, weil ein gemischtgeschlechtliches Softballspiel bevorstand, und sie fragten sich, ob sie ihre Männer ein wenig schonen sollten, weil sie nicht mehr die Jüngsten waren. Daraufhin brach Gelächter aus, auch wenn Maggie nicht verstand weshalb. Einige der Männer waren Ende dreißig. Vielleicht sollten sie sie wirklich schonen. Ihre Gedanken drifteten zurück zu Patrick. Er war so viel mehr, als sie bei ihrer ersten Begegnung gedacht hatte. Sie war von seinem Können auf dem Spielfeld begeistert gewesen, von seinem Ruf eines Bad Boys, aber jetzt … Wow. Er war nicht nur eine sexuelle Köstlichkeit, er war überraschend süß und zärtlich. Wenn sie nicht aufpasste, würde er Fieldridge mit ihrem Herzen verlassen. Ihr Magen sackte tiefer. Allein der Gedanke daran, dass Patrick die Stadt verlassen würde, brachte sie dazu, sich krank zu fühlen. Und sie hatte erst drei Tage mit ihm verbracht.

Mist. Drei Tage, um sich zu verlieben. Das war es, was die Oldtimer gesagt hatten, dass das Selbstgebrannte anstellen würde. Und es hatte wirklich funktioniert. Die Situation war sowohl buchstäblich als auch im übertragenen Sinn verfickt. Das Schlimmste daran war, sie konnte es nicht abwarten, wieder zu ficken. Sie wollte niemals mehr aufhören. Nie, nie, niemals. Und genau das war das Problem.

Tante Carolyn wedelte mit einer Hand direkt von Maggies Gesicht. „Hu-huu! Ich habe dich was gefragt."

Sie blinzelte. „Was?"

„Ich fragte, wie läuft es mit deinem neuen Freund? Joe und ich sind große Fans."

Maggie versuchte zu lächeln und scheiterte. „Oh, ich auch."

Die Gruppe wurde still, und als Maggie sich umsah, stellte sie fest, dass alle Frauen ihr wissende Blicke zuwarfen.

Tante Carolyn zog an einer von Maggies Locken. „Er ist etwas Besonderes für dich." Das war keine Frage.

Alle sprachen gleichzeitig, ihre Fragen liefen alle darauf hinaus, wie ernst es mit dem ehemaligen Star-Footballspieler mit dem Ruf eines Bad Boys war.

Sie verkniff sich ein Seufzen. Es hatte eigentlich eine lustige, romantische Jahrmarktwoche sein sollen. Sie waren noch nicht einmal zum Feuerwerk gekommen, und sie machte sich schon Sorgen um die Zukunft.

„Das ist definitiv zu früh, um es zu sagen", sagte Maggie zu ihnen wie zu sich selbst.

„Hat er dir das gesagt?", fragte Tante Carolyn.

„Nein", sagte Maggie langsam. „Er sagte, wir lassen uns etwas einfallen. Was, meint ihr, heißt das?" Die Frauen waren alle verheiratet. Vielleicht konnten sie etwas Weises dazu sagen.

„Kontext", sagte Alice.

Die Frau nickten alle.

Maggie zögerte. *Wir hatten Sex oben im Keller-Haus, und am Schluss wurde es irgendwie merkwürdig,* schien ihr nicht ganz angemessen. Vor allem nicht vor ihrer Tante.

„Maggie?", fragte Tante Carolyn. „Komm schon, spuck's aus!"

Maggie verzog das Gesicht, weil ihre Tante so begeistert war. „Ich glaube nicht, dass ich das sagen kann."

„Warum nicht?", fragte Tante Carolyn und klang ehrlich perplex.

Die Frauen tauschten wissende Blicke aus.

Ihre Tante verdrehte die Augen. „Komm schon, Maggie, nur, weil ich dich damals schon kannte, als du noch einen unsichtbaren Freund hattest? Der dich gebadet hat und –"

„Ja, genau deswegen", unterbrach Maggie sie, bevor ihre Tante noch mehr peinliche Dinge ausplaudern konnte. Wie damals, als sie sechs gewesen war und splitterfasernackt zur Tür hinausgelaufen und in Kreisen ums Haus gelaufen war und dabei geschrien hatte: „Ich liebe es, nackt zu sein!"

„Ich will dir doch bloß helfen", sagte Tante Carolyn. „Du wirkst ... verstört."

Maggie seufzte. Ach, was sollte es schon. Sie konnte wirklich einen Ratschlag gebrauchen. Sie sah ihre Tante unverwandt an, versuchte, sie mit Blicken dazu zu bringen, zwischen den Zeilen zu lesen. „Wir haben getanzt, und es war großartig. Doch nach dem Tanzen war da dieser intensive Blick und ein merkwürdiges Gefühl."

„Hat er dich intensiv angesehen oder andersherum?", fragte Alice.

„Beides", erwiderte Maggie. „Wir waren irgendwie in einem *Nachtanz*moment. Ich konnte den Blick nicht abwenden, denn da war so viel unerwartete –" Sie musste den Kloß in ihrer Kehle herunter schlucken „– Emotion. Ich weiß nicht, ob das nur ich war oder er oder beide, doch es war intensiv." Sie hörte, wie jemand ein glückliches Seufzen ausstieß, dann beendete sie den Satz mit dem, was sie am meisten verwirrt hatte. „Und ich sagte: ‚Patrick?', und er sagte: ‚Wir werden uns etwas einfallen lassen.'"

„Meine kleine Maggie ist verliebt!", verkündete Tante Carolyn.

Sie spürte, wie sie errötete, auch wenn ein Teil von ihr, tief im Inneren, wusste, dass dieses Gefühl mehr sein musste als bloß Lust und starke Sympathie. Doch es war wirklich das schlechteste Timing, das man sich vorstellen konnte.

Maggie starrte auf den Tisch. „Das hatte ich nicht geplant."

Die Frauen lachten, und Maggies Kopf zuckte hoch. Was zum Teufel? Lachten sie sie aus?

„Wir lachen nur mit dir, das schwöre ich!", sagte Tante Carolyn. „Niemand plant es, sich zu verlieben. Das Timing ist immer ein Würfelspiel."

„Es ist zu früh, es ging zu schnell", sagte Maggie. „Ich weiß noch nicht, wo ich enden werde. Im Moment ist er Schausteller. Er überlegt auch noch, wo er mal enden wird."

„Möchtest du in Fieldridge bleiben?", fragte ihre Tante mit hoffnungsvollem Gesichtsausdruck.

„Du weißt, dass ich gerne hier bin", erwiderte Maggie ehrlich. „Aber ich gehe auch andere Optionen durch –"

„Du könntest zu mir ziehen", bot Tante Carolyn an. Das war süß von ihr, doch ihre Tante war glücklich verheiratet. Dann hätte sie das Gefühl, als würde sie in ihre kleine Familie eindringen. Da wäre sie definitiv das fünfte Rad am Wagen.

„Danke, aber ich möchte nicht lästig werden", sagte Maggie.

„Was möchte Patrick denn jetzt nach seinem Abschluss machen?", fragte Tante Carolyn.

Maggie seufzte. „Er weiß es nicht. Er ist immer noch traurig, weil seine Footballkarriere zu Ende ist."

„Vielleicht könnte er bei Joe in der Autowerkstatt arbeiten", bot Tante Carolyn an. „Er hat auf dem Jahrmarkt gearbeitet, dann muss er sich also mit Maschinen auskennen. Joe könnte ihn ausbilden. Dann wäre er hier in Fieldridge. Du musst nur etwas sagen, dann werde ich das arrangieren."

Maggie starrte ihre Tante an, in ihrem Kopf wirbelte bei dieser Möglichkeit alles durcheinander. Würde Patrick gern mit Autos arbeiten? Wäre er gern in Fieldridge? Vielleicht konnten sie heiraten und sich gemeinsam ein kleines Haus kaufen. Whoa. Was dachte sie da gerade? Kein Mann wollte so etwas Ernstes nach nur ein paar gemeinsamen Abenden. Noch nie war sie in solch einem merkwürdigen, verwirrenden Traum gewesen. Für gewöhnlich ließ sie sich einfach treiben, entschied immer alles spontan. Das fühlte sich alles plötzlich zu viel an. Zu intensiv.

„Atme einmal tief ein", sagte Tante Carolyn. „Du musst nicht heute Abend schon die Lösung für alles haben. Genießt einander bloß."

Maggie wurde rot. Sie machte sich wieder an ihr Essen, fühlte sich merkwürdig zugehörig zu den Freundinnen ihrer Tante. Diese Damen hatten recht. Sie sollte ihre Zeit mit Patrick einfach genießen.

Alice sah auf die Uhr. „Halb sieben. Ich muss gehen."

Auch Maggie erhob sich. Sie sollte bald schon Patrick in seiner Pause treffen. „Danke für das Abendessen und die nette Gesellschaft. Ich muss jetzt auch gehen. Ich habe eine Verabredung mit einem Riesenrad."

Tante Carolyn machte Kussgeräusche. „Du weißt schon, wenn man ein Mädchen im Riesenrad küsst, heißt das, dass man fest zusammen ist."

Die Frauen lachten, und Maggie machte, dass sie davonkam.

Patrick hatte das Riesenrad nie für etwas Besonderes gehalten. Bloß eine langsame Fahrt, bei der es hoch und wieder runter ging. Eigentlich ziemlich langweilig, doch jetzt, da er wusste, dass Maggie bei ihm sein würde und sie einander küssen würden, freute er sich drauf und war nervös. Er wischte seine klammen Hände vorne an den Shorts ab. Nach dem großartigsten Sex seines Lebens war etwas Merkwürdiges passiert. Für ihn war es nicht das erste Mal gewesen, doch es war das erste Mal mit solch einer Intensität gewesen. Sie hatten einander in die Augen gesehen, und es hatte sich angefühlt, als hielte sie sein Herz in ihren Händen. Als wäre er nie wieder in der Lage, es jemand anderem zu geben, und konnte bloß beten, dass sie es nicht beschädigen würde.

Verrückt. Das war verrückt.

Das musste wohl die Lust gewesen sein, zusammen mit … freundschaftlicher Sympathie. Intensiver Sympathie, ja, doch das musste auch alles sein. Sie kannten einander erst seit drei Tagen. Abgesehen von dem einen Abend beim Valentinstagstanz. Maggie musste ihm diese Sache mit dem Verlieben in den Kopf gesetzt haben, als sie ihm davon erzählt hatte, was man dem Selbstgebrannten nachsagte. Er war nicht abergläubisch. Nun, zumindest nicht, was Frauen anging.

Er ging auf und ab, wartete auf sie, und endlich war sie da. Sein Herzschlag beschleunigte sich schon, als er sie bloß sah. Sie trug jetzt ein rot-weiß gestreiftes Kleid mit dünnen Trägern, das auf mittlerer Schenkelhöhe endete. Es passte ihr perfekt. Nackte Beine in hautfarbenen Pumps. *Meine.*

Er ging ihr entgegen, zog sie in eine feste Umarmung und wirbelte sie herum, wie er es vom ersten Moment an, als sie einander kennengelernt hatten, hatte tun wollen, weil sie so zierlich war. Sie quietschte und lachte. Langsam stellte er sie ab und ließ ihren Körper vorne an seinem hinabgleiten.

Sie sah ihm ins Gesicht. „Das war ja mal eine Begrüßung."

Er verkniff sich seine spontane Antwort *Ich habe dich vermisst* und entschied sich für das viel coolere „Ich spiele halt bei dieser romantischen Jahrmarktssache mit."

Sie stellte sich auf Zehenspitzen und küsste ihn zärtlich. „Das gefällt mir. Lass mich bitte eine Sache hinter mich bringen. In dem Spukhaus war irgendwie so ein ernster Moment, und ich glaube, wir sollten uns einfach darauf konzentrieren, diese Woche Spaß zu haben."

Er berührte ihre nackten Schultern, genoss ihre glatte, weiche Haut. „Kein Problem." Und sobald er sich etwas hatte einfallen lassen, wie sie gemeinsam eine wirkliche Zukunft haben konnten, würde er auch damit keine Probleme haben.

„Auf zum Riesenrad!"

Er nahm ihre Hand, verflocht seine Finger mit ihren und ging hinüber zum Fahrgeschäft. „Soweit ich weiß, geht es darum, ganz oben zu knutschen."

„Oder ganz unten", sagte sie und grinste verschlagen.

„Geht es nicht darum, dass man das Gefühl hat, dass es ein privater Moment ist?"

Ihre Lippen verzogen sich zu einem sexy kleinen Lächeln. „Ich möchte dich einfach viel küssen."

„Macht es dir nichts, wenn wir damit eine ganz schöne Show abziehen?"

„Nö. Wirklich nicht. Denn das ist mein erster romantischer Jahrmarkt, und ich werde ihn genießen."

Er blieb abrupt stehen. „Was meinst du mit dein erster romantischer Jahrmarkt? Ich dachte, du kommst von hier."

„Tue ich auch. Ich war nur nie mit einem Date auf dem Jahrmarkt."

„Niemals?"

„Niemals", sagte sie leise.

Da fiel ihr ein, dass Maggie diesen verrückten Spitznamen hatte, und dass die Jungs in ihrer Nähe sie nicht so geschätzt hatten, wie sie es hätten tun sollen.

Er berührte ihre Wange und sprach in ihr Ohr: „Ich fühle mich so geehrt, dein erstes romantisches Jahrmarktdate zu sein."

Sie löste sich von ihm und sah ihm direkt in die Augen. „Ich dachte, ich kenne dich vom Football, aber der echte Patrick ist so viel mehr als einfach nur gefangene Pässe, gelaufene Yards, gelungene Touchdowns. Wow! Einfach nur wow. Ich fühle mich geehrt, dass du mich das sehen lässt."

Einen Moment lang konnte er nicht atmen. Er konnte

nicht glauben, dass sie das gerade gesagt hatte. Niemand dachte daran, was er im Inneren war. Wenn überhaupt hielten sie ihn für unterste Kommodenschublade. Er zog sie an sich, legte ihren Kopf an seine Brust, damit sie nicht sah, wie peinlich feucht seine Augen geworden waren.

„Hey, ihr beiden Turteltauben!", rief sein Onkel, der in seinem Clownskostüm inklusive Regenbogenperücke, kompletter Schminke, rotgepunktetem Strampelanzug und riesigen roten Schuhen vorbeiging. Sein Onkel hatte diesen Sommer an seinen Fähigkeiten, Ballontiere zu gestalten, gearbeitet, und auch Patrick hatte damit angefangen.

„Hey!", rief Patrick.

Maggie drehte sich lächelnd um und quietschte. „Er ist ein Clown", sagte sie leise. Sie hob eine Hand, und sein Onkel drückte auf eine riesige Hupe in ihre Richtung und ging weiter.

„Ja", sagte Patrick, nahm ihre Hand und ging weiter Richtung Riesenrad.

„Das ist unheimlich", sagte sie schaudernd. „Clowns sind gruselig."

Er lachte. „Ich glaube, an deiner Vorstellung von dem, was gruselig ist, müssen wir noch arbeiten. Das Spukhaus war nicht gruselig, und mein Onkel als Clown, der kleinen Kindern Ballontiere gibt, ist definitiv nicht gruselig."

„Ist er doch, vertraue mir."

„Ich kann auch Ballontiere machen."

Sie blieb mit großen Augen vor ihm stehen. „Sag mir nicht, dass du dich auch als Clown verkleidest."

Das tat er nicht, doch er sah eine Gelegenheit. „Patricky, der Clown! Ju-huu!" Er machte ein paar lustige Affenbewegungen und tat dann so, als wollte er sie packen.

Sie kreischte und lief davon. Er verfolgte sie bis zum Riesenrad, erwischte sie mit Leichtigkeit an der Taille und zog sie in seine Arme. „Ach, Maggie, du gefällst mir." Er benutzte die Worte, die sie immer sagte.

Sie lachte und sah ihn über die Schulter an. „Bei mir sieht's genauso aus, vertrau mir."

Er gab ihr einen schnellen Kuss. „Komm schon. Wir sind

Schausteller. Robert wird uns an der Schlange vorlassen. Er weiß, dass ich nur eine kurze Pause habe."

„Und was passiert, wenn du zu spät kommst?"

„Dann wird Mallory mich umbringen. Sie arbeitet für mich in der Wurfbude, und sie ist lieber im Essensstand."

„Okay. Lass es uns tun."

Was sagte es über ihn, dass sein Schwanz sich bei ihren Worten regte? In ihrer Nähe war er wie ein Sexsüchtiger. Himmel, sie hatten es doch heute erst getan.

Sie gingen zu Robert und wurden in die nächste Gondel verfrachtet. Maggie legte ihren Sicherheitsgurt an, steckte ihre Handtasche in die Netztasche vor ihnen und lehnte sich zurück, gegen seine Seite. Er legte einen Arm um ihre Schultern.

Sie schwang ihre Füße vor und zurück. „Ich kann es nicht fassen, dass ich mit Patrick O'Hare im Riesenrad sitze."

„Und ich kann es nicht fassen, dass ich mit einer Göttin im Riesenrad sitze."

Sie drehte sich zu ihm um, ihre Augen waren voller Wärme und etwas, das wie Staunen aussah. „Ich habe solch ein Glück", flüsterte sie. Und bevor er dasselbe sagen konnte, trafen ihre Lippen auf seine. Er strich mit seinen Fingern durch ihr Haar, umfasste ihren Kopf und vertiefte den Kuss. Sie öffnete sich ihm gleich, und er stieß seine Zunge hinein, schmeckte Kirschen und Sex. Er wollte sie so verdammt dringend, doch sie waren in einem Fahrgeschäft. Er musste also alles in diesen Kuss legen. Sie musste das genauso gesehen haben, denn der Kuss wurde wild. Ihre Zungen gerieten aneinander, ihre Münder verschmolzen, ihre Hände waren überall, fuhren durch seine Haare, glitten über seine Schultern und dann über seine Brust. Er ließ seine Hände an ihrem Kopf, seine Finger verkrallten sich in ihr Haar, die andere Hand lag an ihrem Kinn und hielt sie fest für mehr. Sie knabberte an seiner Unterlippe und fuhr dann mit ihrer Zunge darüber. Er stöhnte.

Sie unterbrach den Kuss so plötzlich, dass er die Orientierung verlor. „Sind wir jetzt ganz oben?", fragte sie.

Er sah sich um. „Fast." Er beugte sich für mehr vor.

„Warte", sagte sie. „Ich will wissen, wie es sich ganz oben anfühlt, wenn der ganze Jahrmarkt unter uns ist, die Sicht auf Fieldridge, die Lichter, die Menschen. Oh! Ich brauche meine Kamera!"

Sie schnappte sich ihre Handtasche aus dem Netz vor ihnen, zog die Kamera heraus und begann, Fotos zu machen. Verdammt. Offensichtlich empfand sie nicht so wie er. Doch dann packte sie sein Hemd und zog ihn an sich, während sie die Kamera in die Höhe hielt und auf sie zielte. „Küss mich", sagte sie.

Vorsichtig strich er mit seinen Lippen über ihre, denn er wollte auf dem Bild nicht wie das sexverrückte Tier aussehen, das er war. Sie fuhr mit ihrer Zunge über seine Oberlippe und dann in seinen Mund, und er vergaß die Kamera, packte sie am Hinterkopf und vertiefte den Kuss. Sie machte ganz hinten in ihrem Hals diese leisen Geräusche, die ihn immer in den Wahnsinn trieben. Er konnte nicht aufhören, sie zu küssen.

Als er sie endlich zu Atem kommen ließ, sah sie benommen aus. Es gefiel ihm, dass er bei ihr so viel auslöste wie sie bei ihm.

„Was wirst du mit diesen Fotos tun, auf denen wir uns küssen?", fragte er. Er hoffte, dass sie nicht für den Flyer waren.

Sie streichelte seine Haare und sah ihm in die Augen. „Sie wie einen Schatz hüten."

Er wusste nicht, was er sagen sollte. Sie überwältigte ihn auf die bestmögliche Art. Sie drehte sich um und ließ den Blick auf die Stadt und den erleuchteten Jahrmarkt und die Menschen auf sich wirken. Und er ließ sie auf sich wirken.

Das war die verdammt beste Fünfzehn-Minuten-Pause seines Lebens.

Und dann war es vorbei.

Er stieg aus, hielt ihre Hand, dann zog er sie an sich und legte seine Arme um ihre Taille. „Komm heute Abend um zehn vorbei. Dann komme ich."

„Und ob du das wirst", sagte sie, und ihre blauen Augen waren voller Unfug und Spaß.

Er grinste. „Und morgen Abend habe ich fürs Feuerwerk frei."

„Ja!"

„Und ich möchte dich morgen Abend sehen und den Abend drauf und den nächsten."

Sie sprach mit ganz leiser Stimme: „Wann musst du aufbrechen?"

„Montagmorgen."

Sie strahlte. „Das sind also noch sechs Abende."

Das war nicht genug, aber es war immerhin etwas. Sechs Abende, an denen er sich überlegen konnte, wie er Maggie in seinem Leben behalten konnte. „Ich hoffe, wir können diese Fahrt durch die innere Röhre auch noch ein wenig länger gemeinsam machen", sagte er.

„Ich auch. Wir helfen einander, den Fluss der Unsicherheit zu durchschiffen."

„Das klingt richtig gut." Er streichelte ihre Haare. „Hoffentlich treffen wir uns am Ende, wenn wir beide wissen, wohin die Fahrt geht."

Sie neigte den Kopf. „Moment mal, wofür haben wir uns gerade entschieden?"

„Ich möchte mehr als eine Woche mit dir." Viel, viel mehr.

„Ja."

Sie besiegelten es mit einem Kuss.

Und dann gingen sie in verschiedene Richtungen. Doch ein Teil von ihm wusste, dass es nicht so einfach werden würde.

9

Als Maggie aus dem Riesenrad stieg, hatte sie das Gefühl, als wären sie und Patrick jetzt fest zusammen. Okay, sie waren nur für diese eine Woche fest zusammen. Wie schwierig konnte es schon sein, sich eine Woche lang nur mit einem zu treffen? Doch irgendwie hatte der Kuss im Riesenrad die Dinge auf eine tiefere Ebene gebracht. Und dann noch das Gerede davon, dass sie einander treffen würden, wenn sie wüssten, was sie jeweils für eine Karriere einschlagen wollten — das war sehr, sehr vielversprechend gewesen.

Nachdem Patrick wieder zurück zur Arbeit gegangen war, schlenderte Maggie in einem Gefühl der Glückseligkeit über den Jahrmarkt und machte Fotos für die Broschüren für den Jahrmarkt und die Tourismusbroschüre von Fieldridge. Für eine Kleinstadt war es wirklich ein schönes Ziel für Touristen, mit all den Paraden, Jahrmärkten und Tanzveranstaltungen. Sie machte ein paar Fotos von Patrick, wie er beim Basketball-spiel arbeitete, kleine Kinder ermunterte näherzukommen und lächelnd große Teddybären als Preise überreichte.

Ihr Herz zog sich zusammen.

Es war nicht nur sein umwerfend schönes Gesicht und sein umwerfender Körper, sein aufregender Ruf als Bad Boy. Jetzt, da sie ihn kannte, sah sie seine sensible Seite, sein offenes Akzeptieren anderer Menschen, ohne sie zu verurteilen. Er war umwerfend von innen wie von außen. Verdammt, sie war nicht mehr zu retten. Dass sie sich mitten in einer für sie beide so unruhigen Zeit in Patrick verliebt hatte.

Den nächsten Tag verbrachte sie in ihrer Dunkelkammer im Keller und entwickelte den ersten Stapel Fotos. Sie wollte Odd Todds Meinung zu ihrer Arbeit hören, bevor sie weitermachte. Oh, Patrick, du schöner Mann. Jede Aufnahme von ihm war großartig. Es hatte sie wirklich schlimm erwischt.

Als sie fertig war, hatte sie nur noch eine Stunde, bevor sie sich mit Patrick beim Feuerwerk treffen wollte. Sie hängte die Bilder zum Trocknen auf und eilte nach oben. Zeit für Spaß.

Sie machte sich fertig und zog ihr Lieblingskleid mit dem lila und rosa Diamantmuster an. Der Stoff war aus weicher Baumwolle, die superbequem war und ihrer zierlichen Figur eher schmeichelte, als sie zu verbergen. Sie zog kein Höschen an, denn sie wollte das Rummachen mit Patrick so einfach wie möglich machen. Und keinen BH. Also, wer war jetzt hier der schlimme Rebell?

Kurz darauf fuhr Patrick im Truck seines Onkels vor. Dieses Mal kam er ins Haus und lernte ihre Eltern kennen. Sie musste unwillkürlich lächeln. Das hieß, dass er ihre Beziehung ernst nahm. Ihre Eltern waren höflich.

„Bye!", rief sie und eilte mit Patrick zur Tür hinaus. Sie hatte sich überlegt, dass, wenn der Park zu sehr mit Paaren überfüllt war, sie an einen abgelegeneren Ort fahren und die Ladefläche nutzen konnten. Oder noch besser, sie würde unter den Bäumen eine Decke auf dem Boden ausbreiten, um so ihre eigene private Oase zu schaffen. Verdammt, sie war richtig gut, wenn es um klammheimlichen Sexkram ging, vor allem, wenn man bedachte, dass ihre bisherige Erfahrung sich allein auf das Schlafzimmer in einem Spukhaus beschränkte. Fieldridge hatte im Sommer etwas an sich, das Sex im Freien unterm Sternenhimmel ach so verführerisch machte. Oder vielleicht war es auch bloß Patrick.

Apropos Mann, der ihre Welt erschütterte, er öffnete ihr die Beifahrertür des Trucks und grinste. „Hey, Göttin, bereit, die Fahrt ganz durchzuziehen?"

Sie lächelte zurück. „Ich trag kein Höschen, also ja."

Er machte ein merkwürdiges Geräusch, als verschluckte er sich, und sie lachte, erfreut darüber, dass sie ihn bei diesem Spiel mit erotischen Anspielungen übertroffen hatte.

„Cool", sagte er mit erstickter Stimme.

Sie kletterte in den Truck. Sobald sie Richtung Park fuhren, sagte sie: „Ich habe darüber nachgedacht, das mit der Fotografie tatsächlich als Nebenjob zu betreiben, während ich nach Schauspielaufträgen suche. Ich arbeite jetzt auch für das Büro des Bürgermeisters."

„Wow! Das ging aber schnell. Schon zwei Auftraggeber in einer Woche. Würdest du dann also in Fieldridge bleiben und nur fürs Vorsprechen in die Stadt fahren?"

„Ich denke darüber nach. Ich bin gerne hier. Obwohl es wirklich anstrengend wäre zu pendeln." Mit dem Auto brauchte man anderthalb Stunden in die Stadt, mit Umsteigen dauerte es mit dem Zug noch länger. Und Geld für ein Auto hatte sie nicht.

Sie schwiegen einige Momente lang.

Dann unterbrach sie die Stille. „Die Frage ist, bekomme ich weitere Auftraggeber für Fotos? Ich habe ja noch nie probiert, selbständig zu arbeiten."

„Das kannst du doch lernen. Und mein Onkel könnte dir vermutlich auch helfen. Der Jahrmarkt gehört ihm schon seit Jahren."

„Okay. Danke dir!" Sie wollte vorschlagen, dass er auch in Fieldridge blieb und bei Joe in der Autowerkstatt arbeitete, doch etwas sagte ihr, dass es dafür viel zu früh war, deswegen verkniff sie es sich.

„Ich habe wieder mit dem Laufen angefangen", sagte Patrick.

„Wirklich?"

„Ja. Also, ich weiß schon, dass ich nicht mehr im Training bin, aber ich fühle mich besser, wenn ich etwas für meinen Körper tue. Ich bin intensive körperliche Anstrengungen gewöhnt. Ich werde auch anfangen, wieder Gewichte zu heben, die Muskeln aufzubauen. Es fühlt sich einfach gut an, meinen Körper so zu nutzen, mich wirklich zu pushen."

„Patrick, das ist wundervoll!"

„Danke. Vielleicht versuche ich es mit einem anderen Sport. Nur zum Spaß."

„Das solltest du unbedingt." Er war ein athletischer Typ und immer noch jung genug, um in vielen Sportarten hervorragend zu werden.

„Wir werden sehen. Als Erstes muss ich wieder in Form kommen."

„Du hast deine Form doch gar nicht verloren", erwiderte sie und drückte seinen Bizeps.

Er schmunzelte. „Ich war schon mal mehr in Form, aber danke."

Sie kamen an den Park und stellten fest, dass die Wiese, von der aus man das Feuerwerk sehen konnte, bereits ziemlich überfüllt war. Er drehte sich zu ihr um, eine offen lustvolle Frage in den Augen. „Ich habe einen Plan B", sagte sie. „Decke an einem ruhigen Ort direkt unter diesen Bäumen oder hinten auf dem Truck."

„Ruhiger Ort klingt gut für mich."

Sie nahm sich die Decke und führte ihn durch eine Baumansammlung, wo sie etwas für sich sein konnten. Die meisten Leute würden sich auf der anderen Seite das Feuerwerk ansehen. Perfekt.

Sie legten sich Seite an Seite auf die Decke. Patrick ergriff das Wort. „Wenn du in Fieldridge bleibst, vielleicht könnte ich hier dann auch Arbeit finden. Etwas Besseres, als auf dem Markt zu arbeiten."

Die Idee verschlug ihr den Atem. Das war genau das, was sie wollte, dass sie einander weiter sahen, doch war es wirklich das, was auch er wollte? Wenn ja, warum zog er dann mit dem Jahrmarkt seines Onkels weiter, anstatt auch jetzt schon in der Stadt zu arbeiten?

„Möchtest du wirklich hier arbeiten?", fragte sie.

Er zögerte, dann streichelte er ihr die Haare und sagte: „Ich möchte mit dir zusammen sein."

„Ich möchte auch mit dir zusammen sein", sagte sie, „aber ich möchte, dass du glücklich bist. Wir sprechen hier von deinem zukünftigen Job. Wenn du nicht glücklich bist, wirst du dich gefangen fühlen."

Er rollte sie auf den Rücken und legte seinen Arm auf die Stirn. „Ich weiß, es ist nicht ideal, aber mehr fällt mir nicht ein. Ohne Football –"

„Was hieltest du denn davon, an Maschinen zu arbeiten, wie zum Beispiel in einer Autowerkstatt?"

Er stützte sich auf einen Ellbogen auf. „Das ist aber schon sehr konkret."

Sie lachte. Jetzt, da sie wusste, dass er sie wirklich weiterhin sehen wollte, fand sie es in Ordnung, dass sie es ansprach. „Mein Onkel würde dich ausbilden, und du könntest in seiner Werkstatt arbeiten. Du kannst gut mit Maschinen umgehen."

„Das ist wirklich perfekt", sagte er. „Ich habe früher auch schon Autos repariert."

„Ich kann das mit meinem Onkel arrangieren."

„Okay. Ich bin definitiv interessiert." Er zog sie an sich und legte seine Arme um sie. Dann flüsterte er in ihr Ort: „Wenn ich Fieldridge zu meiner Homebase mache, wirst du dann zu Hause sein und auf mich warten?"

„Du meinst ein gemeinsames Zuhause?", flüsterte sie.

Er löste sich von ihr, um ihr in die Augen zu sehen. „Ja", sagte er feierlich.

„Ja", erwiderte sie genauso feierlich.

Sie grinsten einander an. Dann warf sie sich auf ihn, legte sich auf ihn und bedeckte ihn mit Küssen. „Ich liebe dich!", rief sie.

Er wurde stocksteif.

Mist. Vielleicht hätte sie nicht –

„Ich liebe dich auch", sagte er mit rauer Stimme, dann rollte er sie unter sich. Er küsste sie zärtlich, ehrfurchtsvoll, und sie liebten einander unter den Sternen, verloren in ihrem eigenen Feuerwerk.

～

Zum ersten Mal seit langer Zeit war Patrick zufrieden. Er hatte sich am Morgen mit Joe getroffen, und der Job gehörte ihm, wenn er ihn wollte. Er ging zurück zum Wohnwagen, den er sich mit seinem Onkel teilte, um ihm von den guten Neuigkeiten zu erzählen. Er war nicht da, doch sein Onkel hatte ihm eine Nachricht hinterlassen, dass Patricks Mom gesagt habe, jemand habe für ihn angerufen. Er erkannte die Nummer nicht.

Neugierig rief er zurück.

„Spreche ich mit Patrick O'Hare?", fragte eine barsche Stimme.

„Ja."

„Coach Gary McDonald von den New York Titans hier."

Patrick wäre fast umgekippt. Das war das Team, bei dem er sich beworben und es nicht geschafft hatte. „Ja, hallo, Coach. Wie geht es Ihnen?"

Der Coach lachte, ein rostiger Klang. „Gut, mein Sohn. Ich rufe an, weil Daryll Thomas sich das Knie lädiert hat und für ein Jahr nicht spielen kann. Wie wäre es, wenn Sie uns im August ins Trainingscamp begleiten?"

Die Möglichkeiten wirbelten durch Patricks Kopf. Darryl war Wide Receiver, ein verdammt guter. Er konnte es nicht glauben. Er hatte seine Chance doch nicht verpasst. Hatte seinen Traum schließlich doch nicht verpasst.

„Mein Sohn?"

„Ja!"

„Dann gut. Bei den Tryouts war es knapp zwischen Ihnen und Darryl, aber jetzt würden wir es gerne mit Ihnen probieren. Es wird nicht einfach. Wir müssen uns als neues Team beweisen. Halten Sie solch einen Druck aus?"

Seine Gedanken wanderten zu dem Moment, als er die State Championship vermasselt hatte, weil er wegen Sandra verletzt gewesen war. Nie wieder. „Das tue ich. Ich werde mich voll und ganz auf die Titans konzentrieren."

„Nun, dann werden wir sehen, nicht wahr?"

„Bei allem Respekt, Sir, in meiner letzten Saison hatte ich 750 Yards –"

Der Coach lachte bellend. „Das ist genau der Kampfgeist, den ich hören möchte. Das Camp beginnt am 1. August. Ich schicke Ihnen die Papiere."

„Danke, Sir."

Ich freue mich darauf zu sehen, was sie für die Titans tun können, Handsy."

„Patrick."

„Japp. Bye."

Patrick legte auf und schlug mit der Faust in die Luft. „Yes!" Er lief gerade zu auf den Jahrmarkt, um seinen Onkel zu suchen, als ihm einfiel, dass er jetzt sogar zwei gute Neuigkeiten hatte, zwei Gelegenheiten, und er konnte sich nur für eine entscheiden.

Natürlich musste er sich für den Football entscheiden. Das hatte er bereits. Football war schon immer sein Traum gewesen.

Doch Maggie wollte hier in Fieldridge bleiben. Er konnte sie nicht mitnehmen ins Trainingscamp. Es war ja noch nicht einmal definitiv, dass er ins Team aufgenommen werden würde. Es konnte immer noch sein, dass sie ihn Ende August, wenn das Trainingscamp endete, davonjagten. Und selbst wenn er einen Vertrag bei den Titans bekäme, wäre er unterwegs, würde im ganzen Land in Stadien spielen, in Hotels und Bussen leben. Hoffentlich die nächsten zehn Jahre über oder mehr.

Er verlangsamte seinen Schritt. Er konnte Maggie immer noch in der Zwischensaison sehen, richtig? Doch er wusste, dass das hart sein würde. Football wäre dann sein Leben.

War das fair ihr gegenüber?

Er begann zu laufen, hoffte, diese Aktivität würde ihm dabei helfen, das Problem zu durchdenken, doch als er stehenblieb, war gar nichts klar. Man hatte ihm einen seltenen Neuanfang geboten. Er hatte sich geschworen, dass, wenn er jemals eine weitere Chance bekäme, er sich zu hundert Prozent auf den Football konzentrieren würde. Doch sein Fokus war jetzt bereits gespalten, denn er hatte sich in Maggie verliebt. Jetzt war der Punkt gekommen, an dem er Bindungen kappen musste. Jetzt war der Punkt gekommen, an dem er für den Football Opfer bringen musste. Dass er sich in Sandra verliebt hatte, hatte fast seinen Traum zerstört. Es wäre um einiges schlimmer, wenn ihm das unterwegs mit Maggie passieren würde. Jetzt, da sein Traum in Reichweite war, konnte er so etwas nicht noch einmal riskieren.

Verdammt. Warum hatte er Maggie nicht erst kennengelernt, nachdem aus ihm etwas geworden war? Er wusste, es wäre nicht fair von ihm, sie darum zu bitten, darauf zu warten, dass das geschah. Er sah zum Riesenrad und erinnerte sich daran, wie aufgeregt und glücklich Maggie gewesen war, ihren ersten Jahrmarktskuss von ihm ganz oben bekommen zu haben. Er konnte es nicht ertragen, zum Spukhaus hinüberzusehen und sich an die Zeit zu erinnern, die sie dort verbracht hatten. Eigentlich sollte das der glücklichste Tag seines Lebens sein, doch stattdessen war Patrick ganz unentschlossen und verwirrt. Vielleicht konnte sein Onkel ihm dabei helfen, sich einiges klarzumachen.

Er fand ihn auf einem Klappstuhl vor seinem Wohnwagen, wie er in die Ferne starrte. „Rate mal, wer gerade gekündigt hat", sagte Onkel Todd.

„Wer?"

„Unser Jazzpolka-Cowboy."

„Wirklich? Weshalb?"

„Er ist gebeten worden, sich einer Jazzpolkaband in Pittsburgh anzuschließen."

Patrick nahm einen großen Schluck Wasser. „Das ist wirklich angesagt?"

„Offensichtlich."

„Du klingst aber nicht aufgebracht deswegen."

„Er war nicht sehr beliebt, und so muss ich ein Gehalt weniger zahlen. Er war ja erst seit wenigen Jahren bei uns. Jedenfalls ist sein Wohnwagen jetzt frei, also, wenn du ihn willst, für dich und Maggie, wir fänden es schön, sie den Rest der Saison bei uns zu haben."

Patrick setzte sich neben seinen Onkel auf die Fersen. „Das ist großzügig. Danke dir!"

„Das ist doch nichts. Wir mögen sie alle." Sein Onkel grinste, und das Diamant-T in seinem Goldzahn reflektierte das Licht. „Immer, wenn sie in deiner Nähe ist, hast du diese großen Welpenaugen, genau wie Strolch."

Unglücklicherweise wusste Patrick genau, welche Szene

in *Susi und Strolch* sein Onkel meinte. Die Hälfte der Zeit, wenn er mit Maggie zusammen war, musste er wie ein Vollidiot aussehen. „Ich habe gerade große Neuigkeiten erfahren." Er atmete tief ein. „Die New York Titans wollen mich in ihrem Trainingscamp."

Sein Onkel schwieg. Patrick sah hinüber und stellte fest, dass sein Onkel angestrengt nachdachte. „Tut mir leid", sagte Onkel Todd. „Nie von denen gehört."

„Das ist ein neues Team." Als sein Onkel ihn ausdruckslos anstarrte, fügte er hinzu: „Ein Profiteam. Ihr Wide Receiver hat sich verletzt, und sie möchten, dass ich seinen Platz einnehme."

„Wow! Das ist großartig!"

Patrick grinste. „Danke."

„Moment mal, und was passiert, wenn es ihrem anderen Wide Receiver wieder besser geht?" Darüber hatte Patrick auch schon nachgedacht, doch es gab nicht solch eine große Auswahl. Er hoffte, dass sie beide einen Platz im Team bekämen.

„Ich schätze, wir werden beide spielen. Das entscheidet der Coach. Er kann drei Wide Receiver gleichzeitig auf dem Feld spielen lassen." Sein Onkel kannte sich mit Football überhaupt nicht aus. Er kannte nur Touchdowns.

„Du bist also im Team?"

Patrick richtete sich auf. „Wenn ich mich im Trainingscamp beweise, stehen die Chancen gut, dass ich im Team sein werde. Erst einmal bekomme ich keinen Vertrag."

Sein Onkel legte ihm eine Hand auf die Schulter. „Und warum springst du nicht in die Luft vor Freude?"

Patrick stieß seinen Atem aus. „Ich bin mir nicht sicher, was ich wegen Maggie tun soll."

„Was meinst du?"

„Ich meine, dass ich ihr nicht wehtun möchte, aber ich muss mich auf den Football konzentrieren. Du weißt, dass ich schon mal den Fokus wegen Sandra verloren habe."

„Das lag nicht nur an ihr. Du hattest viel um die Ohren, hast versucht, deiner Mom zu helfen, als sie krank war." Seine

Mom hatte eine schlimme Grippe gehabt und war im Krankenhaus gelandet.

Er senkte seinen Kopf. „Ich hätte stärker sein sollen."

„Du hast ein Herz. Und gerade das macht dich zu einem guten Spieler."

Das war aber auch das, was ihn zu einem schlechten Spieler machte. Er hatte seine Lektion auf die harte Tour gelernt. Die einzige Möglichkeit, sich auf den Football zu konzentrieren, war, alles, was mit Emotionen zu tun hatte, beiseite zu schieben.

Patrick grunzte. „Ich gehe jetzt duschen." Vom Laufen war er nass geschwitzt.

„Ich weiß, dass du die richtige Entscheidung treffen wirst", sagte sein Onkel, woraufhin Patrick sich nur zehnmal schlimmer fühlte.

Er erinnerte sich daran, dass er Maggie noch keine Woche kannte. Vermutlich wäre es gar nicht so weit gekommen, wenn sie nicht gerade an einem Punkt in ihrem Leben angekommen wären, an dem sie sich verloren fühlten. Sie teilten sich eine innere Leere im Fluss der Unsicherheit. Das war alles. Jetzt musste er diese Fahrt verlassen. Er hatte ein definiertes Ziel – eines, das absolute Disziplin fürs Training von ihm abverlangte. Sie sollten einfach getrennte Wege gehen, wenn der Jahrmarkt am Montag die Stadt verließ. Ja, das würde wehtun. Doch sie würden beide darüber hinwegkommen und dorthin weiterziehen, wo sie in ihrem Leben sein sollten. Er würde sie nicht bitten, für ihn Plan B zu sein, für den Fall, dass es mit den Titans nicht klappte. Er musste ganz für sie da sein oder gar nicht. Ganz für den Football da sein oder gar nicht. Das alles ergab für ihn einen völlig logischen Sinn.

Warum also brannte sein Magen bei dem Gedanken, dass er ihr sonniges Lächeln trüben würde?

10

———

Maggie arbeitete den ganzen Tag an den Flyern für den Jahrmarkt. Sie wollte alles fertig haben, bevor der Jahrmarkt Fieldridge verließ. Und sie wollte wirklich Odd Todds Meinung zu ein paar Varianten hören. Alice hatten die Fotos gefallen, die sie für die Tourismusbroschüre gemacht hatte. Als alles besprochen war, hatte Maggie das Gefühl, sie könnte zu Hause als selbständige Fotografin glücklich werden. Vielleicht war das ein Grund dafür, dass sie dann mit Patrick zusammen sein würde, doch trotzdem. Zum Vorsprechen konnte sie immer noch in die Stadt fahren, auch wenn es anstrengend wäre zu pendeln. Immer noch nagte die Sorge an ihr, dass sie sich mit der Geschäftsseite nicht wirklich auskannte, doch das schob sie beiseite. Sie würde einfach mit Leuten reden, die sich damit auskannten. Und irgendwie würde sie das schon hinkriegen.

Sie konnte es nicht abwarten, Patrick heute Abend nach seiner Schicht zu sehen und von ihm zu hören, wie sein Treffen mit Joe gelaufen war. Es fühlte sich fast zu gut an, um wahr zu sein, dass sie und Patrick einander gefunden und sich ineinander verliebt hatten, doch sie war nicht der Typ, der zu angestrengt über alles nachdachte. Was sie hatten, fühlte sich richtig an. Und das reichte ihr.

Doch als sie Patrick sah, wie er von seiner Schicht am

Kinder-Motorradkarussell kam, schien er gar nicht so glücklich zu sein, sie zu sehen. Er lächelte nicht und nannte sie auch nicht Göttin, und als sie ihn küsste, war seine Erwiderung nur ein kurzer Schmatzer, dann löste er sich von ihr.

„Möchtest du eine Runde fahren?", fragte sie. Sie hatte gehofft, sie könnten auf irgendein Feld fahren und unter den Sternen „tanzen".

„Wir müssen reden", sagte er und deutete auf eine Bank in der Nähe.

Maggie erbebte, obwohl es immer noch warm war. Warum hatte sie plötzlich das Gefühl, als würde ihre glückliche kleine Blase gleich platzen? Der Jahrmarkt fühlte sich wieder wie eine Geisterstadt an, denn der Essensstand war geschlossen, die Lichter ausgeschaltet und Angestellte deckten die Preise mit Laken ab.

Patrick nahm ihre Hand und zog sie mit sich. „Komm."

Sie setzte sich im Schneidersitz auf die Bank neben ihn. „Was ist los?"

„Ich habe eine Einladung bekommen, mit einem neuen Football Team, den New York Titans, ins Trainingscamp zu gehen."

„Oh, Patrick, das sind doch großartige Neuigkeiten!" Sie warf ihre Arme um ihn und umarmte ihn ganz fest. „Ich freue mich so für dich!"

„Danke."

Sie löste sich von ihm. „Warum freust du dich denn gar nicht?"

„Tue ich doch. Glaub mir. Es ist nur –" Er blickte in die Ferne. „– Football ist irgendwie alles für mich."

„Ich weiß. Es ist, als wäre ein Traum wahr geworden."

„Ich muss meinen Kopf beim Spiel haben. Verstehst du?" Er sah sie immer noch nicht an. Mittlerweile hatte sie ein wirklich schlechtes Gefühl in der Magengegend. Natürlich musste er an das Spiel denken, um ein guter Spieler zu sein. Worauf wollte er hinaus?

„Handsy! Da bist du ja!", rief eine weibliche Stimme.

Sie drehten sich beide um und sahen eine blonde Frau, schön wie eine Statue, die sich in einem engen, ärmellosen roten Kleid und roten Stilettos näherte. Maggie hielt den Atem an. Sandra Westwood. Patricks ehemalige Freundin.

„Sandra", sagte Patrick leise, stand auf und ging der Frau entgegen.

Auch Maggie stand auf und fragte sich, ob sie zu ihnen gehen und sich vorstellen oder lieber im Hintergrund bleiben sollte.

Doch dann warf Sandra sich Patrick an den Hals und küsste ihn leidenschaftlich. Maggie blinzelte. Patrick schob sie vorsichtig von sich.

Sie schluckte an dem Kloß in ihrer Kehle vorbei, ihre Augen brannten wie Feuer. War es das, worüber er mit ihr hatte reden wollen? Dass er wieder mit Sandra zusammen war? Vielleicht war Sandra sein Glücksbringer beim Football. Sie war da gewesen, als er diese großartige Saison gehabt hatte. Vielleicht hatte er Sandra angerufen, nachdem er die Neuigkeiten erfahren hatte, dass er doch eine Zukunft im Football haben würde.

Ihr Herz raste. Sie sprachen leise miteinander, und sie konnte es nicht verstehen. Ein Teil von ihr wollte die Flucht ergreifen, ein anderer wollte ihnen beiden eine knallen. Sie atmete einmal tief ein und näherte sich ihnen gerade, als Sandra sagte: „Ich hätte dich niemals verlassen sollen. Es tut mir so leid. Ich liebe dich immer noch. Kannst du mir verzeihen?"

„Hi", sagte Maggie und stellte sich neben Patrick. „Ich bin Maggie."

Patrick schwieg, und Maggies Herz schob sich in ihre Kehle. Warum wies er Sandra nicht zurecht? Warum legte er nicht seinen Arm um Maggie oder tat *irgendetwas*, um zu zeigen, dass ihm wirklich etwas an ihr lag?

Sandras Augen verengten sich, als sie Maggie von oben bis unten angewidert musterte, ihre liebste, fröhlich gelbe Bluse und die blauen Capri Shorts. „Ist es ernst, Handsy?"

„Ich heiße Patrick", sagte er. „Und wir sind erst seit einer Woche zusammen."

Maggies Magen verkrampfte sich. Patrick hatte gesagt, dass er sie liebte, und sie hatte ihm geglaubt. Was war sie?

Nur ein kleiner Zeitvertreib, bis etwas Besseres auftauchte? Wie Football? Oder Sandra?

Sandra drückte sich an Patricks Arm, ihre Brüste an seinen Bizeps. Sie warf Maggie ein falsches Lächeln zu. „Patrick und ich waren drei Monate zusammen."

„Zwei", sagte Patrick und zog seinen Arm von Sandra fort. Sie drehte sich zu Maggie um. „Ich hatte keine Ahnung, dass sie hier sein würde."

„Wir sind verliebt", sagte Sandra. „Verabschiede dich, Handsy."

Patrick knirschte mit den Zähnen. „Wie hast du mich gefunden?"

Sandra hob eine Schulter. „Ich hab da so meine Möglichkeiten."

„Was ist mit J.J.?", fragte er. J.J. McTavish war der ehemalige Quarterback der Bobcats. Das Letzte, was Maggie gehört hatte, war, dass J.J. für die New England Blazers spielte.

Sandra runzelte die Stirn. „J.J. ist ein Idiot. Sobald er in Boston war, ist er einmal mit dem Team ausgegangen und hat mir gesagt, die Jungs meinten, es sei besser, Single zu sein, wenn man Profi ist. Ich bin mir sicher, dass das nicht stimmt. Es gibt doch viele Footballerfrauen. Siehst du das nicht genauso?"

„Ich weiß nicht", murmelte Patrick.

Maggie meldete sich zu Wort. „Patrick?"

Er zog Maggie beiseite und sprach leise mit ihr. „Ich muss erst mit ihr reden, und dann unterhalten wir beiden uns. Vertrau mir, so wird man sie am schnellsten los. Sie liebt das Drama."

Maggie verstand die Botschaft laut und deutlich. Sie war zweite Wahl.

„Mach dir nicht die Mühe", sagte sie, dann machte sie auf dem Absatz kehrt und ging davon. Patrick sagte kein Wort. Doch Sandra sprach so laut, dass es die ganze Stadt hören musste. „Oh, Handsy, ein Kussstand! Lass uns den ausprobieren!"

Maggie ging weiter. Der Kussstand war jetzt leer. Sie wagte es nicht, sich umzuschauen, ob sie in die Richtung gingen. Sie ging geradewegs zum Diner, wollte nichts mehr, als ihr Leid in Eis zu ertränken.

Als sie am Diner ankam, war es voller Menschen. Sie setzte sich auf einen Hocker am Tresen und bestellte einen Eisbecher mit extra heißer Karamellsauce. Dann machte sie sich darüber her und suhlte sich in zuckrigem Leid.

Die Kellnerin zeigte ans andere Ende des Tresens. „Dein Sundae geht auf ihn."

Sie sah hinüber. Quinn, der singende Corndog-Mann. Er war um die dreißig, hatte kurzes dunkles Haar und blaue Augen, war groß und muskulös. Auf süße Weise sexy. Der Typ, der sie niemals in der Sekunde fallen lassen würde, in der er eine Beförderung an einen größeren Corndog-Stand bekam. Er grinste, und sie bedeutete ihm, sich zu ihr zu gesellen.

Quinn tauchte neben ihr auf. „Wo ist denn Patrick?", sang er mit seiner tiefen Stimme direkt in ihr Ohr. Ihr lief ein heißer Schauer über den Rücken. Der Mann sollte im Radio auftreten.

„Er ist mit Sandra zusammen." Sie runzelte die Stirn und nahm noch einen Löffel voll.

„Sie hat sein Herz gebrochen", sang Quinn. „Ich glaube nicht, dass er zu ihr zurückgehen würde."

„Quinn?"

„Hmm?"

„Ich liebe deine Stimme. Sie ist so schön, dass du im Radio oder so auftreten solltest." Er lächelte, also fuhr sie fort mit dem, von dem sie wusste, dass es ein heikles Thema war. „Ich weiß, dass das Singen bei dir funktioniert hat, aber hast du, seitdem du es mit dem Singen probiert hast, auch einmal versucht zu sprechen?"

Er schüttelte den Kopf, jetzt ganz ernst.

„Kannst du es für mich versuchen?"

„Ich singe jetzt schon seit zwei Jahren", sang er in tiefen Tönen. Seine Stimme sank noch tiefer. „Was soll ich denn sagen?"

„Was immer du willst." Sie lächelte aufmunternd.

Er erwiderte das Lächeln, seine blauen Augen erhellten sich. „Möchtest du tanzen?", sang er.

„Sag es, nicht singen."

Er nickte und räusperte sich. „Maggie ..." Er sprach ihren Namen wunderschön aus.

„Ja?", sagte sie mit breitem Lächeln.

„Möchtest du gerne tanzen?", fragte er, ohne auch nur ansatzweise zu stottern.

Sie grinsten einander an. Sie war so verdammt stolz auf ihn, weil er den Mut aufgebracht hatte, es zu versuchen, dass sie annahm. „Klar."

Patrick sah hinterher, wie Maggie in Richtung Diner verschwand, und wollte ihr gleich folgen, doch Sandra zog an seinem Arm, verlangte, dass sie redeten, deswegen hielt er es für besser, sie erst loszuwerden. Der Kuss, den sie ihm gegeben hatte, hatte ihn unerwartet getroffen. Sie war schon immer aggressiv gewesen, doch sie hatte immer gewusst, wie man einen Typen zufrieden stellte, deswegen hatte er sich nie beschwert. Jetzt, da er mit Maggie zusammen gewesen war, konnte er den Unterschied sehen, zwischen Sandras fast einseitiger Art, Liebe zu machen, und dem Spaß, den zwei Menschen haben konnten, wenn sie einander liebten. Oh, verdammt. Er liebte Maggie. Was zum Teufel tat er dann nur, dass er sie fortschob?

Football, du Idiot. Du musst dich für den Football entscheiden. Ganz. Einhundert Prozent Fokus. Der Beweis stand direkt vor ihm.

„Handsy", schnurrte Sandra, „es ist so schön, dich wiederzusehen!"

„Hör auf, mich Handsy zu nennen. Ich heiße Patrick." Sie würde ihn niemals Patrick nennen, ganz egal, wie oft er sie darum bitten würde. Selbst wenn sie sich ausziehen würden. Sie wollte nur, dass er der Typ war – der Footballspieler.

Sie zog eine Schnute und fuhr mit ihrer Hand an seinem

Bizeps auf und ab. „Aber das ist doch dein Name. Du kannst doch so gut mit deinen Händen umgehen."

Er atmete einmal tief ein und stieß den Atem dann wieder aus. Er war dazu erzogen worden, Frauen gegenüber respektvoll zu sein, doch Sandra machte ihn verdammt wütend. „Setz dich. Wir werden uns unterhalten." Er deutete auf die Bank, auf der er vorhin mit Maggie hatte Schluss machen wollen. Er musste sich beeilen, damit er sich bei Maggie entschuldigen konnte. Ihr Blick, als sie ihn mit Sandra gesehen hatte, hatte ihn fast umgebracht. Er musste sie wissen lassen, dass er und Sandra nie wieder zusammenkommen würden.

Sandra setzte sich nicht. Stattdessen schlang sie ihre Arme um seinen Hals und drückte ihren Körper ganz an seinen. „Ich habe dich vermisst", sagte sie mit gehauchter sexy Stimme. Die, bei der er sich sonst die Kleider vom Leib gerissen hatte.

Er versuchte, ihre Arme von sich zu bekommen, doch sie klammerte sich an ihn. „Ich möchte reden", sagte er und drückte sie langsam von sich. „Drüben auf dieser Bank."

„Na schön", sagte sie seufzend.

Sie nahm seine Hand und ging mit ihm zur Bank. Sobald er saß, war sie auf seinem Schoß. Er hob sie hoch und setzte sie auf die Bank. „Ich weiß, warum du das letzte Mal mit mir zusammen warst", sagte er, „und ich weiß, warum du jetzt mit mir zusammen sein willst. Das wird nichts werden. Ich möchte mit niemandem zusammen sein, der nur wegen Football mit mir zusammen ist."

„Ich möchte nicht nur wegen Football mit dir zusammen sein. Ich liebe dich."

Tat sie das wirklich? Denn er hatte sie wirklich geliebt. Er wollte ihre Gefühle nicht verletzen. Doch Moment mal …

„Hast du mich deshalb fallen lassen, als J.J. dieses große Angebot bekam?", fragte er.

„J.J. hat sich an mich ran gemacht", sagte sie. „Er hat mich mit Blumen und Liebesbriefen überhäuft."

Patrick zog die Brauen zusammen. Er konnte sich nicht

vorstellen, dass J.J. Liebesbriefe schrieb. Sein Teamkollege war grob, unhöflich und fluchte wie ein Bierkutscher.

Sandra sprach eilig weiter. „Ich war verwirrt. Doch er hat mir seine wahre Seite gezeigt und …" Sie blinzelte rasch, und eine einzelne Träne kullerte über ihre Wange. „Da habe ich festgestellt, wie gut ich es bei dir hatte."

Er presste seine Lippen fest aufeinander. Er war sich nicht sicher, ob sie ihm etwas vorspielte oder nicht, aber diese Träne wirkte echt. Für den Fall, dass sie es ernst meinte, erteilte er ihr sanft eine Abfuhr. „Ich muss mich zu einhundert Prozent auf den Football konzentrieren. Ich kann gerade mit niemandem zusammen sein."

„Nicht einmal mit diesem merkwürdigen rothaarigen Mädchen?"

Er stand abrupt auf und verkniff sich die Salve, die er in ihre Richtung hatte schießen wollen, weil sie Maggie merkwürdig genannt hatte. *Genug.* Er musste mit Maggie reden. „Leb wohl, Sandra."

„Rufst du mich an, wenn du dich im Team eingelebt hast? Ich werde auf dich warten."

Sie klang ehrlich. Er würde niemals jemanden darum bitten, darauf zu warten, dass er groß rauskam. Sie stand auf und hakte ihre Finger in die Gürtelschnalle an seiner Jeans und zog ihn an sich.

Er sah in ihr schönes Gesicht hinab. Ein Blick in ihre kalten, kalkulierten blauen Augen sagte ihm alles, was er wissen musste. Vielleicht hatte er ein wenig das Talent seines Onkels geerbt, jemanden mit einem Blick in dessen Augen einschätzen zu können. „Und wenn ich nicht ins Team komme, soll ich dich dann auch anrufen?" Nicht, dass er überhaupt noch einmal mit ihr zusammen sein wollte. Doch er wollte es von ihr hören. Dass sie zugab, dass sie nur wegen des Footballs mit ihm zusammen sein wollte.

Sie lachte, ein hartes, falsch klingendes Lachen. „Natürlich schaffst du's ins Team! Sei nicht dumm."

„Und was, wenn nicht? Würdest du dann immer noch mit mir zusammen sein wollen?"

Sie zögerte.

„Danke, damit habe ich meine Antwort." Er stapfte davon, entschlossen, Maggie zu finden und ihr Gespräch zu beenden.

„Handsy, warte!", rief Sandra.

Er drehte sich um. „Such dir einen anderen Footballspieler, den du verfolgen kannst, bis er groß rauskommt."

„Aber ich will dich!"

Er verzog das Gesicht. „Es tut mir leid. Ich kann nicht."

Ihr Gesichtsausdruck änderte sich. Er ging weiter und hörte nicht, wie ihre Absätze hinter ihm her klapperten. Obwohl sie ihm das Herz gebrochen hatte, wollte er ihr nicht mehr wehtun als nötig. Rache brachte ihm nichts. Er musste Maggie sehen und ihr so nett wie möglich erklären, dass es vorbei war. Er musste sich ganz auf den Football konzentrieren. Das war nichts Persönliches. Er wäre mit niemandem zusammen. Junggeselle Patrick. Bin ganz dabei, Coach.

Er hatte sich schon fast von dieser Notwendigkeit seines Junggesellendaseins überzeugt, als er im Diner ankam. Und dann öffnete er die Tür, warf einen Blick auf Maggie, die in Quinns Armen tanzte, und alles war zum Teufel.

11

———

Maggie hatte einen Riesenspaß dabei, mit Quinn zu tanzen. Sie hatten sich auf eine freie Fläche bei der Jukebox begeben, und er hatte sie zu einem süßen Walzer geführt. Quinn wirbelte sie herum, und dann senkte er sie plötzlich über sein Knie, bevor er sie langsam wieder hochzog und ihr in die Augen sah. Sie war außer Atem, fasziniert davon, wie geschickt er sich bewegte. Noch nie hatte sie einen so guten Tanzpartner gehabt. Sie öffnete den Mund, um ihm das zu sagen, als eine große Hand Quinn am Kragen packte und ihn fortriss.

„Patrick!", rief Maggie. „Lass ihn los!"

Patrick war unmittelbar vor Quinns Gesicht, hielt Quinns Hemd immer noch gepackt. „Hände weg", knurrte Patrick.

Quinn starrte ihn bloß an, zeigte keine Furcht. Er kannte Patrick schon seit Jahren, und vielleicht bedeutete das, dass er wusste, dass Patrick ihm nicht wirklich in den Hintern treten würde.

„Patrick?", fragte sie.

Er warf ihr einen schnellen Blick zu. „Was?"

„Du hast unseren Tanz unterbrochen. Du wirst warten müssen, bis du dran bist." Sie zog Quinn wieder zu sich zurück, und er übernahm erneut die Führung, weg von Patrick.

„Was zum Teufel!", brüllte Patrick.

„Und du musst mich nett bitten", rief sie über ihre Schulter, bevor Quinn sie wegbewegte.

„Ich hab's dir gesagt", sagte Quinn seufzend.

Das hatte er. Er hatte ihr gesagt, dass Patrick ihr hierher folgen würde, obwohl sie es ernsthaft bezweifelt hatte, weil die schöne Sandra so an ihm hing. Quinn hatte sogar vorhergesagt, dass Patrick versuchen würde, ihren Tanz zu unterbrechen. Wie Quinn erklärte, war Sandra ein Footballgroupie, und Patrick hatte vor Monaten schon ihre wahre Seite erkannt. Dennoch war sie irgendwie glücklich, Patrick eifersüchtig zu sehen. Das hieß, dass ihm etwas an ihr lag.

Die Tür zum Diner wurde aufgerissen. „Handsy!", schrie Sandra, woraufhin sich alle zu ihr umdrehten.

Patrick ging zu ihr, und Sandra legte ihre Arme um seinen Hals und drückte sich an ihn. Jetzt war Maggie eifersüchtig. Und darüber war sie weniger glücklich. Patrick versuchte, Sandra wegzuschieben, doch die Frau krallte sich an ihm fest.

Quinn schmunzelte. „Wir sollten die Partner tauschen."

„Du bist zu gut für sie", spuckte Maggie aus.

„Nein, bin ich nicht", erwiderte Quinn finster. Ihr Blick zuckte zu ihm. Sie las Schmerz in seinen Augen, und dann, genauso schnell, wurde sein Ausdruck verschlossen.

„In Ordnung", sagte Maggie.

Sie stellte sich neben Patrick und Sandra in den Eingang. Patrick hatte es geschafft, etwas Abstand zwischen ihnen zu schaffen.

Quinn machte eine elegante, weit ausholende Verbeugung vor Sandra, bevor er mit einer tiefen Bassstimme sang: „Darf ich um diesen Tanz bitten?"

Sandra fiel die Kinnlade herunter.

Quinn grinste und nahm ihre Hand.

„Nein, Moment", sagte Sandra, packte Patrick, doch der war bereits einen Schritt zurückgewichen.

Patrick nahm Maggies Hand und führte sie zur Tür hinaus. „Wir müssen reden."

Sie sah über ihre Schulter zu Quinn, der Sandra in einem

schnellen Tanz mit vielen Drehungen und Senken führte. Sie unterdrückte ein Lachen und folgte Patrick nach draußen.

Patrick beugte sich hinab, um ihr ins Ohr zu flüstern: „Ich bin nicht mit Sandra zusammen, und das werde ich auch nie."

„Warum hast du zugelassen, dass sie dich geküsst hat?"

„Sie hat mich überrascht."

Sie sah ins Diner, wo Sandra jetzt mit Quinn am Tresen saß. Sandra beobachtete Patrick, während Quinn Sandra beobachtete.

Maggie drehte sich zu Patrick zurück. „Sie will dich zurück."

„Sie kann mich nicht haben."

„Du hast mich fallen gelassen", sagte sie und versuchte, sich ihre Emotionen nicht anhören zu lassen. Am liebsten hätte sie geheult.

„Du bist doch diejenige, die weggegangen ist", sagte Patrick. „Und dann sehe ich dich plötzlich mit Quinn."

„Das war nur ein Tanz", blaffte sie. „Er ist ein Freund. Ich dachte, ich wäre *deine* Freundin, und dann sagst du nichts anderes, als dass wir erst eine Woche zusammen wären."

Er warf seine Hände in die Höhe. „Aber wir sind erst seit einer Woche zusammen."

„Wie du meinst", murmelte sie. Sie stapfte davon.

„Du kommst sofort zurück!", verlangte Patrick und folgte ihr.

„Du kannst mich nicht einfach hier so stehen lassen!", brüllte Sandra und rannte aus dem Diner heraus.

Quinn folgte Sandra.

Großartig.

Alle vier standen einen Moment lang da, auf dem stillen Parkplatz. Patrick sah Maggie an, die zu Quinn schaute, der Sandra betrachtete.

Sandra stemmte ihre Hände in die Hüften und sah ebenfalls Quinn an. „Und was machst du?"

Quinn versteifte sich. „W-was d-denkst du denn, was ich mache?" Als sein Stottern wieder hervorkam, stellte Maggie sich als Unterstützung an seine Seite.

Sandra schürzte ihre Lippen. „W-was d-denkst du denn, was ich mache? Nettes Stottern."

„Sandra!", rief Patrick.

Quinns ausdrucksloser Blick auf Sandra war entsetzlich. Als wäre er gar nicht mehr da.

Maggie stellte sich zwischen Sandra und Quinn und sah Sandra finster an. „Es gefällt mir nicht, wie du mit meinem Freund sprichst."

„Und du gefällst mir nicht, du Freak", spuckte Sandra aus. Sie packte Maggie an den Haaren.

„Ah!", kreischte Maggie. Es fühlte sich an, als würde Sandra ihr die Haare an den Wurzeln ausreißen.

Patrick packte Sandras Finger und riss sie los. Sandra holte wieder aus, und Patrick musste sie zurückhalten und legte von hinten seine Arme um sie. Sandra warf Maggie ein kleines siegreiches Lächeln zu. Schlampe.

„Meine Damen", sang Quinn, „Sie müssen doch nicht um mich kämpfen. Mein Herz ist bereits vergeben." Und damit schlenderte er pfeifend in den Abend hinein.

Patrick schob Sandra fort. „Ich will dich nie wieder sehen."

Sandra sah entsetzt aus. „Was? Nur, weil dieser Typ gestottert hat? Ich liebe dich!"

„Aber ich liebe dich nicht", sagte Patrick.

„Doch, das tust du! Das hast du. Und ich weiß, du könntest es wieder!"

Selbst Maggie verzog das Gesicht, so erbärmlich klang Sandra.

„Es ist vorbei", sagte Patrick harsch.

„Ihretwegen?", spuckte Sandra aus.

„Deinetwegen", sagte Patrick.

Sandra hielt den Atem an. Sie starrte Maggie wütend an und wandte sich dann an Patrick. „Dein Verlust! Du bist nichts! Ich hab gehört, wie du beim Tryout versagt hast. Ich bin mir sicher, du wirst auch das Trainingscamp vermasseln. Also kannst du genauso gut zur Hölle fahren."

Sie stapfte davon und stolperte plötzlich zur Seite, als einer ihrer Absätze auf der festen, unebenen Straße abbrach.

Sie riss auch den zweiten Absatz ab, drehte sich um und warf Patrick beide an den Kopf.

Er duckte sich gerade rechtzeitig. Dann stapfte sie davon – barfuß und gehässig.

Patrick drehte sich zu Maggie um. „Können wir jetzt reden?"

„Ja", sagte sie. „Da drüben." Sie führte ihn ein kurzes Stück zu dem geschlossenen Spirituosenladen nebenan.

Sie setzten sich nebeneinander auf die vordere Stufe und schwiegen einen Moment. Maggie hatte immer noch ein ungutes Gefühl in der Magengegend. Dann unterbrach sie die Stille. „Ist das jetzt der Teil, an dem du mir sagst, dass es dir Spaß gemacht hat, aber wir einander nicht mehr sehen dürfen?"

„Ich möchte dir nicht wehtun", sagte Patrick. Was hieß, dass er genau das vorhatte. Sie konnte zwischen den Zeilen lesen. Sie seufzte. Er hatte sie von Anfang an gewarnt, dass er ihr nicht wehtun wollte. Vielleicht hätte sie das als Zeichen dafür auffassen sollen, dass er das tun würde.

„Sag es einfach", sagte sie.

„Ich muss mich zu einhundert Prozent auf den Football konzentrieren."

„Und Footballspieler dürfen keine Freundinnen haben?" Sie wusste, dass das nicht stimmte. Der Beweis dafür war gerade vor Wut spuckend davongegangen.

„Nein, *ich* darf keine Freundin haben. Es liegt nicht an dir. Ich werde mit niemandem zusammen sein."

Ihr Magen verdrehte sich schmerzhaft. Er hatte gesagt, dass er sie liebte. Warum sollte sich das ändern, nur weil er ins Trainingscamp gerufen wurde? Sie sah zu ihm hinüber, und er starrte stur geradeaus, seine Ellbogen auf den Knien, und plötzlich wusste sie es. Er hatte sie nur gewollt, solange er den Football nicht haben konnte. Sie war ein Trostpreis gewesen. Und jetzt, da er hatte, was er wirklich wollte, ließ er sie fallen. Und da hatte sie einmal gedacht, sie käme zur Abwechslung mal bei jemandem an erster Stelle.

„Warum tust du das?", fragte sie. Sie wollte es ihn sagen

hören. Dass er zugab, dass sie nur ein Lückenbüßer gewesen war, bis er etwas Besseres fand. Zweite Wahl.

„Das ist nicht persönlich gemeint", sagte Patrick leise.

Sie stand auf und blickte finster zu ihm hinab. „Du könntest mir gegenüber wenigstens ehrlich sein! Habe ich nicht wenigstens das verdient?"

„Ich bin doch ehrlich. Ich muss mich zu einhundert Prozent auf den Football konzentrieren. Du wusstest, dass ich so bin."

„Ich dachte, du wärst mehr als das."

Er erwiderte nichts darauf.

„Ich habe etwas Besseres verdient", sagte sie und klammerte sich an das letzte bisschen Stolz, das sie noch hatte, bevor sie vollkommen zusammenbrach.

„Das hast du", sagte er ohne Umschweife. „Du hast das Beste verdient, Maggie. Es tut mir leid."

Sie verkniff sich den frustrierten Schrei, den sie am liebsten ausgestoßen hätte. „Bye."

„Bye."

Er rührte sich nicht, also tat sie es. Einen Fuß vor den anderen, steif und still, ein wandelnder Leichnam, tot im Inneren. Denn Patrick hielt ihr gebrochenes und blutendes Herz in seinen Händen.

Patrick war sich sicher, dass er das Richtige getan hatte, mit Maggie Schluss zu machen, doch jetzt war Montagmorgen, er war kurz davor, Fieldridge und Maggie für immer zu verlassen, und er fühlte sich scheiße. Sein Onkel hatte kein Mitleid mit ihm. Quinn hatte seinem Onkel brühwarm all die unangenehmen Details darüber erzählt, was im Diner passiert war, und Onkel Todd war definitiv auf Maggies Seite. Und zwar so sehr, dass er Patrick heute Morgen eine gute Stunde lang gequält und ihm die tollen Flyer und Fotos gezeigt hatte, die Maggie gemacht hatte. Als er seine Schaustellerfamilie in Aktion sah, schnürte es ihm die Kehle zu. Irgendwie hatte sie eingefangen, wie sie wirklich waren, hinter ihrer manchmal merkwürdigen Erscheinung und den quirligen Persönlichkeiten. Sie sahen lustig aus, liebevoll, als lieferten sie die beste Show auf Erden, für wen auch immer, der sie engagierte. Es war erstaunlich, wirklich ein Kunstwerk.

„Nun, Patrick", sagte Onkel Todd, „wir brechen in einer Stunde auf. Letzte Chance, sie mitzubringen."

Patrick knirschte mit den Zehen. Sie hatten doch darüber geredet. Es hatte keinen Sinn, Maggie für die nächsten sechs Wochen mit dem Jahrmarkt mitfahren zu lassen, weil sie sich dann nur wieder voneinander verabschieden mussten, wenn er zum Trainingscamp fuhr. Es war leichter, die Sache jetzt zu beenden. Obwohl er zugeben musste, dass die letzten vier Tage die Hölle gewesen waren. Er hatte Blicke auf sie erhascht, während sie in der Stadt und auf dem Jahrmarkt Fotos gemacht hatte. Immer, wenn sie ihn dabei erwischt hatte, hatte sie sich mit erhobenem Kinn abgewandt. Sie war angepisst. Und das zu Recht. Das war gut. Dann würde es ihr leichter fallen weiterzuleben. Ihm war es lieber, dass sie wütend auf ihn war, als dass sie seinetwegen schluchzte.

„Sie ist wütend auf mich", sagte Patrick. „Selbst, wenn ich sie bitten würde, würde sie mir vermutlich ins Gesicht spucken."

Onkel Todd klopfte Patrick auf die Schulter. „Kann sein, dass sie wütend ist, das heißt aber nicht, dass sie dich hasst."

Patrick ließ die Schultern hängen. „Das sollte sie aber."

„Sollte, könnte, würde", sagte Onkel Todd mit Singsangstimme. „Ich sagte dir doch, sie ist nicht wie Scarlett." Wieder diese *Vom Winde verweht*-Anspielung auf seine Ex.

„Sandra", sagte er durch zusammengebissene Zähne.

„Maggie grollt dir nicht." Sein Onkel hielt ein Foto in die Höhe. „So sieht sie dich, und ich sehe keinen Football auf dem Bild, du etwa?"

Auf dem Bild trug Patrick eine Clownsperücke in Regenbogenfarben, seine Wangen waren aufgeblasen, weil er gerade ein Ballontier für ein fünfjähriges Mädchen mit Zöpfen machte, während jüngere Kinder ihn staunend ansahen. Sein Onkel drehte das Bild um. Auf die Rückseite hatte

Maggie geschrieben: *Mein Lieblingsbild von ihm. Ich dachte, du hättest es vielleicht gern.*

Er starrte es an. Warum sollte das Maggies Lieblingsbild von ihm sein? Sie mochte Clowns nicht mal. Natürlich hatte er keine Clownsschminke im Gesicht. Er trug seine normalen Sachen, doch er hatte in letzter Minute noch die Perücke aufgesetzt, als er während einer Pause für seinen Onkel eingesprungen war. Er drehte sich zu seinem Onkel um. „Ich verstehe das nicht! Sie mag keine Clowns."

Sein Onkel schlug gegen seine Schulter. Fest. „Sie sieht, wer du wirklich bist! Im Inneren, wo's verdammt noch mal zählt. Dein Herz, Patrick!"

Die Wahrheit traf ihn wie ein heftiges Tackling – Maggie liebte ihn, ob mit oder ohne Football. Und er musste dasselbe tun. Er hatte ein Herz. Das machte ihn zu einem guten Footballspieler, und das war es, was ihn dazu gebracht hatte, sich so sehr in Maggie zu verlieben. Es ging nicht darum, sich zu einhundert Prozent auf den Football zu konzentrieren. Um der Beste zu sein, der er sein konnte, musste er seine Karriere und die Menschen, die er liebte, unter einen Hut bringen. Er brauchte beides, um ein volles Herz zu haben. Es war ein Risiko. Doch Maggie war es wert.

„Sie ist im Rathaus, um sich darüber zu informieren, wie sie ihr Geschäft anmelden kann", sagte sein Onkel.

Patrick sprang auf die Füße, eilte zur Tür und hielt inne, die Hand auf dem Türknauf. „Danke", sagte er über seine Schulter. „Ich schulde dir was."

„Ach was. Das war doch nichts. Sorg nur dafür, dass euer Erstgeborener nach mir benannt wird." Onkel Todd zwinkerte.

Patrick lachte bellend und rannte zur Tür hinaus und den Block hinunter zum Rathaus. Er nahm zwei Stufen auf einmal und stürzte hinein, sah sich wie wild nach ihr um. Er fand ein kleines Hinweisschild, das die wenigen Räume auflistete, ging den Flur hinunter und platzte dort hinein.

„Patrick!", rief Maggie. Sie trug das Gleiche, was sie am ersten Tag getragen hatte, als sie einander in diesem Sommer kennengelernt hatten. Eine weiße Bluse, die vorne so tief ausgeschnitten war, dass sie etwas Busen zeigte, rosa Shorts und Flip-Flops. So sexy. Seine schöne, magische Göttin. Er zog sie vom Platz hoch und umarmte sie.

„Entschuldigen Sie bitte", sagte eine autoritäre weibliche Stimme von der anderen Seite des Schreibtisches aus. „Wir sind mitten in einer Besprechung."

„Tut mir leid", sagte Patrick zu der anderen Frau. „Aber das hier ist wichtig. Ich muss mich dringend ganz kräftig entschuldigen und sie anflehen, zu mir zurückzukommen."

Maggie machte große Augen. „Gibst du mir eine Minute, Alice?"

„Ist es wahre Liebe?", fragte Alice mit überheblicher Stimme, doch der Hauch eines Lächelns umspielte ihre Lippen. „Denn das ist die einzige Unterbrechung, die ich akzeptiere."

Maggie drehte sich zu Patrick um, ein fragender Blick in ihren Augen. Er wollte nicht, dass sie noch eine Sekunde daran zweifelte. „Ja, ist es", sagte er und nahm seinen Blick nicht von Maggie.

Alice klopfte Patrick auf die Schulter. „Dann nur zu. Ich gebe euch fünfzehn Minuten." Sie segelte zur Tür hinaus.

Patrick drehte sich zu Maggie um. „Ich liebe dich."

Sie blinzelte.

Er fuhr fort, musste alles loswerden. „Ich bin ein Idiot. Ich hätte dich nicht gehen lassen sollen. Es tut mir leid. So wahnsinnig leid. Ich habe nichts als meinen Namen, doch vielleicht habe ich auch viel mehr als meinen Namen, und wenn das für dich in Ordnung wäre, fände ich es schön, wenn du mich begleiten würdest. Du kannst weiter fotografieren, und wir müssen dich zu ein paar Vorsprechen bringen. Auch deine Träume sind wichtig. Und ich liebe dich und möchte mit dir zusammen sein. Ich weiß, dass ich sagte, dass ich mich zu einhundert Prozent auf den Football konzentrieren muss, doch was ich wirklich brauche, ist, zu einhundert Prozent mit dir zusammen zu sein." Er fühlte sich, als wäre er gerade hundertmal die Tribüne hinauf- und hinuntergerannt. Atemlos und aufgedreht vor Adrenalin.

Sie schlug sich eine Hand vor den Mund und blinzelte schnell.

Er hielt den Atem an. War es zu spät?

„Maggie, sag bitte etwas."

~

Es fiel Maggie schwer, über den Kloß in ihrer Kehle etwas zu sagen. Patrick machte sie zu seiner Priorität vor dem Football, seiner Traumkarriere? Er stellte sie an erste Stelle? Niemand hatte sie je an erste Stelle gesetzt.

Patrick schob eine Hand in sein Haar. „Sag mir, ich soll verschwinden, oder sag mir –"

„Ich bin deine erste Wahl?", fragte sie mit leiser Stimme.

Er nahm ihre Hände und drückte sie. „In meinem Herzen wirst du immer an erster Stelle kommen."

Ihre Unterlippe zitterte. Sie wollte nicht weinen. Das hier war doch etwas Gutes. Es fühlte sich nur so überwältigend an, in jemandes Herzen an erster Stelle zu kommen. Sie warf sich ihm an den Hals.

Er legte seine Arme ganz fest um sie und küsste ihre Haare. „Ich dachte, ich hätte dich verloren", sagte er. „Ich bin so froh, dass du mir nicht grollst."

Sie drückte seine Taille und wischte sich dann über die Augen. „Heißt das, ich werde für eine Weile eine Schaustellerin sein? Dein Onkel hat mich eingeladen."

Er schob eine Strähne hinter ihr Ohr. „Ich danke Gott dafür, dass es Onkel Todd gibt. Er sagte, wir können unseren eigenen Wohnwagen haben. Der Jazzpolka-Cowboy ist zu einer Jazzpolkaband gegangen."

„Ist er das? Wow! Und dann musst du zum Trainingscamp?"

„Ja, im August."

„Und dann ..." Sie wartete darauf, dass er den Satz mit etwas wunderbar Romantischem beendete.

Er streichelte ihre Wange. „Wenn ich einen Vertrag bekomme, kannst du mit mir reisen. Du könntest unterwegs

Fotos machen. Ich werde mehr als genug Geld für uns beide haben." Das klang tatsächlich romantisch, aber –

„Und wenn du keinen Vertrag bekommst?"

„Dann lassen wir uns beide einen Plan B einfallen."

Sie schmolz dahin. Das gefiel ihr wirklich.

Er küsste sie zärtlich. „Ich liebe dich so sehr. Es tut mir leid, dass ich das vermasselt habe. Von jetzt an sind wir ein Team."

Sie strahlte. Es kam ihr immer noch wie ein Wunder vor, dass sie einander gefunden hatten. Zwei so verschiedene Menschen, die perfekt zueinander passten.

„Ich liebe dich auch so sehr!", rief sie, dann schlang sie ihre Arme um seinen Hals und küsste ihn mit all der Liebe, die sie in ihrem Herzen hatte. Er vertiefte den Kuss, und sie verlor sich. Es gab nichts als Hitze und Leidenschaft und wahre Liebe. Glück wallte in ihr auf und erfüllte sie mit überwältigender Energie.

Sie unterbrach den Kuss. „Vergiss nicht, was du sagen wolltest."

Sie löste sich von ihm und ging zu einem offenen Bereich des Raumes, wo sie ihren Glückstanz aufführte, eine Mischung aus stampfenden Füßen und Armen in der Luft, und sie hüpfte vor Freude. Einmal, zweimal, dreimal. Er lachte.

„Das musste ich tun!", rief sie. „Du hast einen meiner Träume wahr werden lassen!"

Er neigte seinen Kopf. „Und welcher war das?"

„Eine Schaustellerin zu sein. Ich habe mich in all das verliebt."

„Und vergiss nicht deinen zweiten Traum. Mich."

Sie rannte zu ihm und fiel in seine Arme, legte ihre Arme und Beine fest um ihn. Dann packte sie seinen Kopf und bedeckte ihn mit Küssen. „Ja, du, Patrick. Immer du."

„Du bist mein Traum. Immer du."

Seine Lippen trafen ihre, und schnell wurde es heiß. Er drehte sich um und drückte sie gegen die Wand, seine harten Flächen an ihrer Weichheit, und sie pochte vor Verlangen. Sie stöhnte, als er sich durch ihre dünne Hose gegen sie drückte.

Jemand klopfte an die Tür, und dann schwang sie auf. „Ihr werdet eure wahre Liebe an einen etwas privateren Ort verlegen müssen", verkündete Alice.

Patrick packte ihre Hand, und sie liefen zu Tür hinaus, lachend, bereit für den nächsten Abschnitt ihres Lebens. Zusammen.

EPILOG

Fünfzehn Jahre später ...

Patrick war wieder bei seiner Familie in Clover Park, Connecticut, und glücklich, dort zu sein. Er und Maggie hatten noch vor dem Trainingscamp geheiratet, was ihm viel bedeutet hatte, denn so wusste er, dass sie ihn liebte, ob er nun letztendlich den Footballvertrag bekam oder nicht. Wie sich herausstellte, bekam er ihn. Jetzt war er gerade von den New York Titans zurückgetreten, dem Team, das ihm den Anfang bereitet und ihm eine großartige Karriere verschafft hatte – dreimal Most Valuable Player der Football League, zweimal Super Bowl Champion und fünfzehnmal war er der mit den meisten Fängen, hatte die meisten Yards als Receiver und die meisten Touchdowns. Er war so stolz auf seine Leistung, doch er war noch stolzer auf Maggie, die nicht nur bei allen kreativen Dingen, die sie anfing, brillierte, sondern auch die Schauspielkarriere bekam, auf die sie gehofft hatte. Ihren großen Durchbruch hatte sie als zeitreisende Detektiv bei einer verrückten Science-Fiction-Serie, die perfekt zu ihr passte. Außerdem hatte sie viele Werbespots gedreht und als Modell gearbeitet. Wer konnte schon ihrer lebhaften Ausgelassenheit widerstehen?

„Hey, Crazy Feet, fang!", brüllte Maggie, bevor sie barfuß

durch das Gras ihres Gartens direkt auf ihn zurannte. Den Spitznamen hatte er, weil er in seinem ersten Profispiel einen Touchdown gelandet und Maggies Glückstanz aufgeführt hatte, um sie wissen zu lassen, dass er an sie dachte. Seine Fans liebten es und nannten ihn seitdem Crazy Feet.

Sie sprang, und er fing sie auf, küsste sie lang und tief, jetzt noch genauso verliebt in sie wie am ersten Tag, als sie einander kennengelernt hatten.

„Igitt!", sagte ihr vierzehnjähriger Sohn, Jack. „Schon schlimm genug, dass ihr ein Foto davon, wie ihr euch küsst, in eurem Zimmer habt. Müsst ihr das dann auch noch im echten Leben tun?"

Maggie hatte das Foto, das sie von ihnen ganz oben im Riesenrad gemacht hatte, als sie sich auf ihrem ersten gemeinsamen Jahrmarkt geküsst hatten, rahmen lassen. Seitdem hatte sie es, als sie vom Wohnwagen ins Hotel und dann in ein Haus gezogen waren, überall über ihr Bett gehängt.

Sie hatten nicht vergessen, ihrem Erstgeborenen Onkel Todds Namen zu geben. Er hieß Jack Todd O'Hare. Schließlich war es Onkel Todd gewesen, der es in jenem ersten Sommer ermöglicht hatte, dass er und Maggie zusammen sein konnten. Onkel Todd ging es immer noch sehr gut, und sie liebten es, jeden Sommer den Jahrmarkt und viele der Menschen, die Patrick und Maggie kannten und liebten, zu besuchen.

Die Fellini Brüder waren vor fünf Jahren gestorben, jeder einzelne innerhalb weniger Tage, alle Ende neunzig. Nachdem der Erste gestorben war, hatten die anderen seinem Onkel erzählt, wo er eine erstaunliche Menge Bargeld finden würde, die sie in ihre Konservenbüchsen gesteckt hatten. Sie sagten ihm, er solle damit dafür sorgen, dass jemandes Traum wahr werde. Und, nachdem Onkel Todd mit jedem Mitglied der Schaustellerfamilie gesprochen hatte, entschied er, dass dieser besondere Jemand Quinn, der Corndog-Mann, sein sollte. Onkel Todd bezahlte damit einen privaten Schauspiellehrer. Jetzt trat Quinn in Filmen auf, meistens als Verbrecher, obwohl er dazu übergehen wollte, die Rolle des Helden zu übernehmen. Sein Stottern war nun ganz verschwunden.

Maggie lachte, ihre blauen Augen funkelten vor Unfug und Spaß. „Lass mich runter. Ich glaube, das Kussmonster hat es auf Jack abgesehen!" Patrick stellte sie ab, und sie rannte hinter ihrem Sohn her. Sie würde ihn nicht einholen, es sei denn, er wollte es. Seit Jacks Wachstumsschub war er ganz schön schnell geworden. Er spielte jetzt als Quarterback im Team des Ortes, und er hatte einen kräftigen Wurfarm. Die anderen Spieler nannten ihn Blitz.

Maggie packte Jack an der Taille und küsste ihn überall auf die Wange. Jack wand sich in ihren Armen. „Mo-o-om, eklig!" Er wischte sich die Wange ab, doch er sah glücklich aus.

Maggie zerzauste Jacks Haare. „ Eines Tages wirst du ein Mädchen küssen wollen."

Jack wurde rot.

Patrick und Maggie tauschten einen amüsierten Blick aus.

Sein Herz zog sich zusammen. Er hatte so ein verdammtes Glück.

„Übst du Passen mit mir, Dad?", fragte Jack.

„Klar, hol den Ball."

Jack rannte zum Schuppen, wo sie ihre ganze Sportausrüstung aufbewahrten.

Für Maggie war ihr Sohn ihr tollstes Geschenk. Ihn nannte sie Crazy Feet oder manchmal ihren persönlichen Sexgott. Natürlich.

Und Patrick nannte sie bei dem Namen, den sie auf alle erdenklichen Weisen verkörperte – Göttin.

Verpassen Sie nicht meine separate Happy End Buchclub-Serie mit den unwiderstehlich sexy Campbell-Brüdern (und deren burschikoser Schwester), die dank der Kupplerin des Happy End Buchclubs ihre Liebe finden. Schließen Sie sich dem Club an und finden Sie Ihr Happy End. *Hollywood Inkognito* (Happy End Buchclub #1) ist bereits erschienen.

Sie ist ganz oben …

Als die beliebte Schauspielerin Claire Jordan für ihre Rolle in den Filmen der Fierce Trilogie recherchierte, hatte sie nicht mit einer solchen Bindung gerechnet, die sie zur Autorin und deren Liebesroman-Buchclub, dem Happy End Buchclub, aufbauen würde. Bald gesteht Claire dort ihre geheime Sehnsucht nach einem normalen Typen – sie hat die Nase voll von egozentrischen reichen Playboys – und der Buchclub ist mehr als bereit, ihr zu helfen. Als normales Mädchen freut sie sich auf ein Date mit Josh Campbell, das der Buchclub eingefädelt hat.

Er ist ganz oben...

Der Milliardär und CEO eines Technologieunternehmens, Jake Campbell, hat genug von Goldgräberinnen, besonders von der glamourösen, oberflächlichen Sorte. Als sein Zwillingsbruder Josh ihn bittet, ihn bei einem Date zu vertreten, kommt Jake zu dem Schluss, dass Joshs niedlicher Mädchen-von-nebenan-Typ vielleicht genau das Richtige für ihn ist. Nach einer Nacht voller Leidenschaft mit dem süßen Mädchen will Jake mehr, doch sie ist spurlos verschwunden.

Manchmal ist ein Happy End erst der Anfang.

WEITERE BÜCHER VON KYLIE GILMORE

Die Happy End Buchclub Reihe << Die Campbell Familie und ein Liebesromanbuchclub prallen aufeinander!

Hollywood Inkognito (Buch 1)

Ärger im Anzug (Buch 2)

Gewagtes Spiel (Buch 3)

Förmliche Vereinbarung (Buch 4)

Wenn der Bad Boy keiner ist (Buch 5)

Ein Störenfried zum Verlieben (Buch 6)

Schicksalsbegegnungen (Buch 7)

Eine Romantische Chance (Buch 8)

Ein sündhafter Flirt (Buch 9)

Ein unbequemer Plan (Buch 10)

Eine Happy End Hochzeit (Buch 11)

Die Clover Park Reihe << Brüder, für die die Familie an erster Stelle steht!

Das Gegenteil von wild (Buch 1)

Daisy schafft alles (Buch 2)

In den Falschen verguckt (Buch 3)

Ein Weihnachtsmann zum Küssen (Buch 4)

Vermieter küsst man nicht (Buch 5)

Nicht mein Romeo (Buch 6)

Bring mich auf Touren (Buch 7)

Clover Park Braut (Buch 7.5)

Gewagte Verlobung (Buch 8)

Retter in der Not (Buch 9)

Eine verführerische Freundschaft (Buch 10)

Ein Geschenk zum Valentinstag (Buch 11)

Raus aus der Tretmühle (Buch 12)

Die Rourkes Reihe << Prinzen, bei denen man ins Schwärmen gerät, und ebenso fantastische Prinzessinnen

Königlicher Fang (Buch 1)

Königlicher Hottie (Buch 2)

Königlicher Darling (Buch 3)

Königlicher Charmeur (Buch 4)

Königlicher Playboy (Buch 5)

Königlicher Spieler (Buch 6)

Abtrünniger Prinz (Buch 7)

Abtrünniger Gentleman (Buch 8)

Abtrünniger Schlitzohr (Buch 9)

Abtrünniger Engel (Buch 10)

Abtrünniger Fratz (Buch 11)

Abtrünniger Beschützer (Buch 12)

ÜBER DIE AUTORIN

Kylie Gilmore ist die USA Today Bestsellerautorin der Happy End Buchclub Reihe, der Clover Park Reihe, der Clover Park STUDS Reihe und der Rourke Reihe. Sie schreibt unterhaltsame Romanzen, die die LeserInnen zum Lachen und zum Weinen bringen und zu einem Glas Eiswasser greifen lassen.

Kylie lebt mit ihrer Familie, zwei Katzen und einem verrückten Hund in New York. Wenn sie nicht gerade schreibt, Kinder bändigt oder bei Autorenkonferenzen pflichtbewusst Notizen macht, findet man sie beim Stretching – bis ganz nach oben ins oberste Regal, um dort ihren geheimen Schokoladenvorrat zu erreichen.

Melden Sie sich für Kylies Newsletter an, damit Sie keine ihrer Neuerscheinungen verpassen. https://www.kyliegilmore.com/DEnewsletter

Mehr finden Sie auf Kylies Website https://www.kyliegilmore.com